Ullstein Krimi

Alfred Hitchcocks
Kriminalmagazin

Band 184

Neue Kriminalstories mit Pfiff und Pointe

Herausgegeben von Wolfgang Proll

Ullstein Krimi

Ullstein Krimi
Lektorat: Georg Schmidt
Ullstein Buch Nr. 10365
im Verlag Ullstein GmbH,
Frankfurt/M – Berlin

Übersetzt von Wolfgang Proll
und Brigitte Walitzek
Copyright © 1985, 1986 by
Davis Publications, Inc.
für Alfred Hitchcock's
Mystery Magazine
Umschlagentwurf:
Atelier Noth & Hauer, Berlin
Foto-Grafik:
Welfhard Kraiker & Karin Szekessy
Alle Rechte vorbehalten
Übersetzung © by
Verlag Ullstein GmbH,
Frankfurt/M – Berlin
Printed in Germany 1986
Gesamtherstellung:
Ebner Ulm
ISBN 3 548 10365 0

Juni 1986

CIP-Kurztitelaufnahme
der Deutschen Bibliothek

Alfred Hitchcocks Kriminalmagazin. –
Frankfurt/M; Berlin: Ullstein
 Einheitssacht.: Alfred Hitchcock's
 mystery magazine ‹dt.›
 Teilw. mit d. Erscheinungsorten
 Frankfurt/M, Berlin, Wien
NE: Hitchcock, Alfred [Hrsg.]; EST

Bd. 184. Neue Kriminalstories mit Pfiff
und Pointe / hrsg. von Wolfgang Proll.
[Übers. von Wolfgang Proll u. Brigitte
Walitzek].
 (Ullstein-Buch; Nr. 10365:
 Ullstein-Krimi)
 ISBN 3-548-10365-0
NE: Proll, Wolfgang [Hrsg.]; GT

Inhalt

DIE LESER-GESCHICHTE DES MONATS
Gisela Platten
7 *Ausgleichende Gerechtigkeit*

James A. Noble
11 *Mord auf der Überholspur*

G. S. Hargrave
19 *Sheriff Bigelow und die vernickelte Taschenuhr*

David Braly
53 *Gebrauchsfähiger Hausrat zu verkaufen*

Stephanie Kay Bendel
58 *Fall Nr. 5423: Das zweite Feuer*

Janet O'Daniel
78 *Patchwork*

Stephen Wasylyk
91 *Kalter Mord und heiße Würstchen*

G. Wayne Miller
107 *Seit der Himmel gebrannt hatte*

Al und Mary Kuhfeld
121 *Strafe muß sein*

DIE LESER-GESCHICHTE DES MONATS

Gisela Platten

Ausgleichende Gerechtigkeit

Martin Voß – von fast allen nur Vossi genannt – war bester Laune. Und das mit recht. Immerhin kam es nur sehr selten vor, daß einem vier, vielleicht sogar fünf Jahre des Lebens geschenkt wurden. Und bei Vossi würde in ungefähr eineinhalb Stunden dieser erhebende Moment eingetreten sein.

Grund genug also, sich zu freuen.

Nein, nein, Vossi stand nicht vor einer alles entscheidenden Operation. Er war gesund und munter auf dem Wege – zum Gericht.

Nach dem mißglückten Einbruch vor einigen Monaten hatte es für ihn ganz schön bescheiden ausgesehen. Es wäre nur eine Frage der Zeit gewesen, bis die Polizei ihm auf die Schliche kam, trug die Aktion doch zumindest teilweise seine Handschrift.

Zusammen mit der Bewährung vom letzten Einbruch wären da gut und gerne vier, fünf Jahre zusammengekommen. Vossi gruselte es noch immer, wenn er daran dachte.

Doch er hatte die Polizei ausgetrickst. Damit die überhaupt nicht erst auf den Gedanken kamen, ihn zu verdächtigen, hatte er dafür gesorgt, daß alle Spuren bei einer anderen Person zusammenliefen. Eine Person, die so kriminell war, daß man ihr den Bruch zutraute, mit der er – Vossi – aber nur so wenig zu tun hatte, daß höchstwahrscheinlich weder die Person selbst noch die Polizei irgendeine Beziehung vermutete.

Und eben diese Person würde in eineinhalb Stunden für schuldig erklärt werden und damit war er – Vossi – wieder einmal dem Bunker entronnen. Wenn das kein Grund war, fröhlich zu sein, dann gab es überhaupt keinen.

Skrupel waren Vossi bei der ganzen Sache eigentlich nie gekommen. Ganz im Gegenteil, hatte er sich sogar ausgesprochen große Mühe gegeben, das Opfer seiner Intrige sorgfältig auszuwählen, was sein Gewissen, falls es sich überhaupt geregt hätte, sofort wieder beruhigen würde.

Arthur Schneider, so hieß die auserwählte Person, war genau der Richtige. Ein kleiner, mehr als mittelmäßiger Autoknacker, der den Netzen der Polizei wie durch ein Wunder schon zweimal entgangen war. Wenn man es aus dieser Perspektive betrachtete, so übte Vossi sogar so was wie ausgleichende Gerechtigkeit.

Soweit Vossis Recherchen gediehen waren, hatte Schneider keinen Anhang, keine Freunde, die sich an Vossi rächen würden, war also durchaus entbehrlich und somit geradezu prädestiniert, die nächsten Jahre im Kittchen zu verbringen.

Vossi mußte sich beeilen, wenn er rechtzeitig im Gerichtssaal erscheinen wollte. Aber sicher war wieder kein Taxi zu bekommen. Ungeduldig suchte er die Straße ab. Und als wolle seine Glückssträhne überhaupt nicht mehr abreißen, erblickte er nur 10 Schritte von sich entfernt einen todchicen Mercedes, der zum Verkauf angeboten wurde.

Vossi lachte der Schalk aus den Augen, als er den Wagen nach kurzer Verhandlung mit der flotten Besitzerin auf einer Probefahrt in Richtung Gerichtsgebäude steuerte.

Er verabschiedete sich artig mit »Ich werde es mir noch mal überlegen«, von der verdutzten Besitzerin und freute sich noch während der Urteilsverkündung – vier Jahre ohne Bewährung für Arthur Schneider –, daß er für mindestens fünfzehn Mark Taxigeld gespart hatte.

Auf dem Nachhauseweg nur wenige Meter von seiner Wohnung entfernt war ihm das Glück schon wieder hold. Vossi konnte es kaum fassen. Lag doch nur drei Schritte von ihm entfernt eine schweinslederne Herrenhandtasche. Er bückte sich nach ihr, zusammen mit einem schmächtigen, etwa zehnjährigen Jungen. Ihre Köpfe wären beinahe zusammengestoßen. Der Junge war schneller, doch Vossi riß ihm die Tasche wieder aus der Hand. Eine solche Chance konnte er sich nicht entgehen lassen.

Gerade wollte er den Jungen, der sofort zu flennen angefangen hatte, mit ein paar groben Worten davonjagen, als eine resolute ältere Dame vom Geschrei des Jungen angelockt auf ihn zukam und wissen wollte, was los sei.

Vossi kochte innerlich vor Wut. Mußte diese alte Schachtel sich einmischen und ihm das Geschäft vermasseln. Doch von Geburt aus feige traute er sich nicht, ihr die Meinung zu sagen oder einfach zu verschwinden.

So erklärte er, daß er dem Jungen die gefundene Handtasche

abgenommen hatte, um sicherzugehen, daß der rechtmäßige Besitzer sein Eigentum auch wieder erhielt, was man bei der heutigen mißratenen Jugend ja nicht erwarten konnte.

Der Junge beteuerte flennend, daß natürlich auch er die Fundsache zurückgeben wollte. Am liebsten hätte Vossi ihm den Hals umgedreht.

Zu dritt durchforschten sie die Tasche. Fast vierhundert Mark in kleinen Scheinen. Vossi kämpfte mit den Tränen, als er daran dachte, das Geld womöglich abgeben zu müssen und nie wiederzusehen. Natürlich fand sich neben Schlüsseln und anderem Kleinkram auch eine Visitenkarte mit der Adresse des Besitzers.

Vossi wagte einen letzten Vorstoß: »Wenn Sie gestatten, gnädige Frau«, den jungen Bastard würdigte er keines Blickes, »gehe ich jetzt in meine Wohnung und rufe den Besitzer an.«

»Und wir kommen mit und überzeugen uns davon. Vertrauen ist gut, Kontrolle ist besser.«

Was hätte Vossi darauf sagen sollen. Hintereinander stiegen sie die Stufen zu seiner Wohnung hinauf. Vier Augen beobachteten ihn, als er die Nummer wählte und ausrichtete, er habe eine Handtasche gefunden, sie könne bei ihm abgeholt werden. »Wollen Sie vielleicht noch warten, bis der Besitzer kommt?« fragte Vossi, einem Wutausbruch nahe.

»Aber nicht doch, werter Herr. Sie haben mich von Ihrer Ehrlichkeit überzeugt. Oder, Junge?«

Der kleine Mistkerl nickte und schniefte. Als er die Treppe herabstieg, hätte Vossi ihm am liebsten in sein Hinterteil getreten, traute sich aber natürlich auch diesmal nicht.

Zehn Minuten später, als Vossi krampfhaft überlegte, ob nicht doch zumindest ein Teil des Geldes zu retten sei, stürmte die Polizei die Wohnung.

Kommissar Gerlich schüttelte den Kopf, als er ihm die Handschellen anlegte.

»So dämlich können aber auch nur Sie sein. Ein gestohlenes Auto von der Wohnung abholen zu lassen.«

»Ein Auto?« Vossi verstand gar nichts.

»Hören Sie bloß auf zu leugnen. Sie sind ganz klar überführt.« Kommissar Gerlich verstand keinen Spaß.

»Vor zwei Tagen haben wir einen Tip bekommen, wo teure Autos verschoben werden. Wir haben eine Fangschaltung gelegt, und vor zehn Minuten rufen Sie dort an und melden, daß eine Handtasche abgeholt werden kann. Sogar euer Deckcode ist einfältig und einfallslos.«

»Und hier«, Kommissar Gerlich griff in die auf dem Tisch liegende Handtasche, »haben wir die Autoschlüssel. Und draußen vor dem Haus steht der als gestohlen gemeldete Wagen. Wahrscheinlich mit Ihren Fingerabdrücken am Lenkrad, weil Sie auch zu dämlich sind, Handschuhe zu tragen. Wollen Sie uns noch immer für dumm verkaufen?«

Vossi torkelte zum Fenster. Unten stand der Mercedes, mit dem er am Vormittag zum Gericht gefahren war. Die Verkaufsschilder waren natürlich aus dem Fenster verschwunden.

Vossi hatte keine Chance. Seiner Geschichte schenkte niemand Glauben. Die junge Frau aus dem Mercedes, die alte Dame und der flennende Junge blieben verschwunden. Vossi bekam viereinhalb Jahre ohne Bewährung. Ein ganzes Jahr lang grübelte er, wer ihn reingelegt haben könnte. Der Zufall kam ihm zur Hilfe.

Als er eines Tages wegen guter Führung einen Wärter begleiten durfte, um die Bettwäsche in einem anderen Zellenblock auszutauschen, fiel ihm in Zelle 102 eine Fotografie ins Auge. In trauter Eintracht lächelten ihm Arthur Schneider, seine Frau, sein Sohn und seine Mutter entgegen.

Vossi mußte wohl damals schlecht recherchiert haben.

James A. Noble

Mord auf der Überholspur

»Mami, wie schnell fahren wir?« fragte der kleine Joel noch einmal und beugte sich quer über seine ältere Schwester, um den Tachometer sehen zu können.

»Laß Mom endlich in Ruhe«, schimpfte Sissy ihn aus und schubste ihn zurück. »Du kannst die Zahlen doch sowieso nicht lesen.«

Alice sah lächelnd auf ihre beiden Kinder, die neben ihr auf dem Beifahrersitz saßen. »Sei nicht so streng mit Joel«, sagte sie zu Sissy. »Er ist ja noch klein, und wenn er mal so groß ist wie du, kann er vielleicht besser lesen.«

»Ganz genau«, gab Joel ihr recht, faltete wichtigtuerisch die Arme vor der Brust und warf seiner Schwester einen Blick zu, der »Ich bin viel schlauer als du« bedeutete.

»Warum willst du eigentlich wissen, wie schnell ich fahre?« fragte Alice.

Joel senkte den Kopf und starrte seine Schuhspitzen an, die über die Kante des Sitzes hinausragten.

»Willst du mir nicht antworten, Schatz?«

»Ich darf nicht«, antwortete der Junge ausweichend.

»Und wieso nicht?«

Joel zögerte einen Augenblick. Dann sagte er: »Weil Charlie es gesagt hat.«

Schon wieder Charlie, dachte Alice bitter. Das Gericht hatte ihr das alleinige Sorgerecht zugesprochen und Charlie verboten, die Kinder zu sehen. Und jetzt machte er sich hinter ihrem Rücken heimlich an sie heran und erzählte ihnen – Gott weiß was!

Die Kinder sollten nichts mit Charlie zu tun haben. Nach fünf Jahren Ehe hatte sie endlich gemerkt, was für ein grausamer, sadistischer Mann er war. Trotzdem wäre sie vielleicht bei ihm geblieben, hätte sie nicht erfahren, daß ihr Mann als Eintreiber und Schläger für das Syndikat arbeitete, der auf Befehl von oben hin Strafen verhängte und anderen Leuten Schmerzen zufügte.

Alice betrachtete ihn nicht mehr als ihren Mann, und sogar die Kinder waren dazu übergegangen, ihn Charlie zu nennen, und nicht mehr »Dad« oder »Vater«.

»Wann hast du mit Charlie geredet, Joel?« Dem kleinen Jungen wurde ein bißchen mulmig, als er den Tonfall ihrer Stimme hörte.

»Gestern – vor dem Haus.«
»Und was hat er gesagt?«
»Er hat gesagt, ich soll dir was geben, wenn du uns heute zu Mr. Happyland fährst.« Mr. Happyland war der Name, den Joel sich für die Kindertagesstätte ausgedacht hatte.
»Dann gib es mir«, sagte Alice und lächelte ihren Sohn aufmunternd an.
»Erst bei sechzig«, sagte Joel.
»Erst wenn ich sechzig Meilen die Stunde fahre?«
Joel nickte.
Alice warf einen Blick auf den Tacho. »Wir haben zweiundsechzig Meilen die Stunde drauf.«
Joel steckte die Hand unter dem Sicherheitsgurt durch, zog einen zerknüllten Zettel aus seiner Tasche und hielt ihn Alice hin. Sissy faltete den Zettel auf und gab ihn an ihre Mutter weiter.
Alice versuchte, beim Fahren zu lesen.

Mein lieber Schatz,
paß auf, daß du nicht langsamer als fünfzig fährst. Ich habe eine Bombe in dein Auto eingebaut –

Alice schrie auf und ließ den Zettel fallen. Das Auto machte einen Schlenker und geriet mit zwei Reifen auf den schmalen, unbefestigten Randstreifen. Sie hatte alle Mühe, es wieder unter Kontrolle und zurück auf die Straße zu bringen. Es rutschte hinten weg, Kies spritzte auf, aber dann hatte sie wieder den glatten Asphalt unter den Reifen. Sie sah auf den Tacho – dreiundfünfzig – und drückte das Gaspedal durch. Die Nadel kletterte schnell nach oben. Bei fünfundsechzig fand Alice, daß es genug sei.
»Sissy«, sagte sie mit brüchiger Stimme. »Heb den Zettel auf und lies ihn mir vor.«
»Was ist denn los, Mom?« Auf dem Gesicht des kleinen Mädchens lag ein verstörter Ausdruck.
»Tu, was ich dir sage«, befahl Alice mit zitternder Stimme. Ein gutes Stück vor ihr blinkte ein Sattelschlepper nach links.
Sissy hob den Zettel auf und las laut vor:

»Mein lieber Schatz,
paß auf, daß du nicht langsamer als fünfzig fährst. Ich habe eine Bombe in dein Auto eingebaut und an den –«

Sissy hielt den Zettel hoch und zeigte auf ein Wort.
»Tachometer«, sagte Alice ungeduldig.

»– Tachometer angeschlossen. Bei sechzig Meilen die Stunde wird die Bombe aktiviert, bei weniger als fünfzig de – to –«

»Detoniert«, sagte Alice und versuchte verzweifelt, sich die Angst nicht allzusehr anmerken zu lassen. Ein paar hundert Meter vor ihr zog der Sattelschlepper auf die linke Spur, um einen ebenso großen Möbelwagen zu überholen. Beide Lastwagen fuhren sehr langsam. Alice ging mit dem Tempo auf zweiundfünfzig Meilen herunter. An dieser Stelle hatte die Autobahn keinen Randstreifen, und die beiden Fahrspuren waren so schmal, daß Alice den kleinen Dreitürer unmöglich an den beiden Lastwagen vorbeiquetschen konnte.

»Na los«, bettelte sie den Sattelschlepper an. »Mach schon. Fahr endlich vorbei. Bitte! Beeil dich doch ein bißchen.«

»– detoniert sie. Du hättest mich nicht verlassen sollen. Mein Leben ist ruiniert, und du allein bist schuld daran. Hoffentlich lebst du lange genug, um darüber nachdenken zu können, was du mir angetan hast.

Hast du daran gedacht, den Wagen vollzutanken? Angenehme Fahrt, Charlie.«

Alice stöhnte auf, als sie die Tankanzeige sah. Der Tank war höchstens noch ein Achtel voll. Aber im Augenblick war das ihre geringste Sorge. Die beiden großen Lastwagen waren nun auf gleicher Höhe, krochen mühsam eine kleine Anhöhe hinauf, und sie hatte sie fast eingeholt. Verzweifelt drückte sie auf Hupe und Lichthupe.

Sie wußte, daß sie vor einer schrecklichen Entscheidung stand. Der Asphalt der Straße glitt unter den Autoreifen dahin. Allein schon der Gedanke, Joel und Sissy dazu zwingen zu müssen, aus dem rasenden Auto zu springen, ließ ihr den Schweiß ausbrechen.

Sie erwog die Möglichkeit, daß Charlies Brief nur ein grausamer Scherz sein könnte, dem perversen Gehirn dieses Mannes entsprungen, den sie einmal ihren Mann genannt hatte. Wenn sie einfach langsamer fuhr? – Sie schüttelte den Kopf. Nein. Sie kannte Charlie. Wenn er sagte, er hätte eine Bombe gelegt, dann hatte er das auch. Die Bombe und dieser ganze Alptraum waren schreckliche Wirklichkeit.

Die beiden riesigen Lastwagen waren jetzt dicht vor dem kleinen Dreitürer. Alice faßte einen Entschluß.

Am meisten Platz schien zwischen den beiden Lastwagen zu sein, aber selbst diese Lücke schien viel zu schmal für ihr Auto. Sie trat das Gaspedal bis zum Boden durch und drängte sich in die schmale Öffnung.

Die hintere untere Ecke des Sattelschleppers riß den Außenspiegel des kleinen Wagens ab, während der Möbelwagen die Antenne mitnahm und den Rahmen der Windschutzscheibe eindrückte. Das Glas brach, und ein spinnwebartiges Muster breitete sich über die Beifahrerseite aus. Der kleine Wagen schrammte zwischen den beiden Lastwagen hindurch. Seine Geschwindigkeit sank immer schneller ab.

Alice hatte kaum noch einundfünfzig Meilen drauf, als der Möbelwagen endlich näher an den Straßenrand fuhr und ihr ein bißchen mehr Platz machte. Befreit aus der engen Umklammerung, nahm der kleine Wagen wieder Geschwindigkeit auf und schoß zwischen den beiden fluchenden Lastwagenfahrern hindurch.

Während der ganzen Tortur hatten Sissy und Joel sich fest aneinandergeklammert und keinen Ton von sich gegeben.

»Gut gemacht, Mami«, schrie Joel jetzt begeistert.

Alice lehnte sich gegen das Steuer und sah ihren tapferen kleinen Jungen an.

»Ja, gut gemacht, Joel«, antwortete sie völlig erschöpft.

»Mom, sieh mal«, rief jetzt Sissy und zeigte durch die kaputte Windschutzscheibe nach vorne. »Vor uns ist ein Streifenwagen.«

Alice trat das Gaspedal durch. »Festhalten, Kinder. Wollen wir doch mal sehen, was die von überhöhter Geschwindigkeit halten.«

Officer Berry Walker und sein Partner Frank Sheppard sahen sich an, als der gelbe Kleinwagen mit achtzig Sachen an ihnen vorbeidonnerte.

»Das ist das Schlimme an der Welt von heute«, sagte Frank und schaltete Blaulicht und Sirene ein. »Die Leute haben einfach keinen Respekt mehr vor uns.«

Als der Streifenwagen dicht hinter ihr war, kurbelte Alice ihr Fenster herunter und machte den Polizisten ein Zeichen, sich neben sie zu setzen.

»Falte Charlies Zettel zusammen und gib ihn mir«, sagte sie zu Sissy. Sissy gehorchte.

Als der Streifenwagen mit den beiden erstaunten Polizisten neben ihr war, streckte Alice die Hand mit dem Zettel aus dem Fenster. Der Polizist auf der Beifahrerseite nahm ihn.

Im ersten Augenblick wollten Berry und Frank nicht glauben, was sie da lasen, aber nachdem sie die Zentrale angerufen, die Nummer des gelben Kleinwagens durchgegeben und erfahren hatten, daß sie es mit der Exfrau eines stadtbekannten Syndikatschlägers zu tun hatten, zweifelten sie kaum noch daran, daß die Drohung ernst gemeint war. Aber sie hatten keine Ahnung, was sie tun sollten. Sie forderten Verstärkung an und setzten sich erst einmal vor Alice, um ihr wenigstens den Weg freizuhalten.

Alice sah noch einmal auf die Tankanzeige. Die Nadel stand kurz vor dem roten Reservebereich.
»Sissy, nimm meinen Lippenstift aus meiner Tasche und schreib in ganz großen Buchstaben ›Sprit‹ auf die Windschutzscheibe.«
»Aber das Glas ist doch kaputt.«
»Das macht nichts. Die Polizisten werden es trotzdem lesen können.«

»He, was schreibt das Mädchen da auf die Windschutzscheibe?« fragte Frank, der den Kopf nach hinten gedreht hatte.
Berry warf einen Blick in den Rückspiegel. »Für dich ist es Spiegelschrift. Sieh mal in deinen Außenspiegel.«
Frank drehte sich um und sah in den Außenspiegel. »O nein! Sie hat keinen Sprit mehr. Was machen wir jetzt bloß?«
Berry bog auf die linke Spur und ging mit dem Tempo herunter, um Alice an sich vorbeizulassen. »Wir schieben sie.«
Franks Augen wurden groß. »Mit fünfzig Sachen?«
»Mit dreiundfünfzig. Die fünf Meilen extra brauchen wir als Sicherheit.«
»Und was passiert, wenn wir auch keinen Sprit mehr haben?«
Berry sah seinen Partner an und sagte mit ausdrucksloser Stimme: »Kabumm!«
Frank nahm das Mikrophon und schaltete den Außenlautsprecher ein, um der Fahrerin des gelben Autos zu sagen, was sie vorhatten.

Alice spürte den sanften Ruck, mit dem die vordere Stoßstange des Streifenwagens sich an ihr Auto drückte. Sie legte den Leerlauf ein, schaltete den Motor aus und dann schnell die Zündung wieder ein, damit das Lenkradschloß nicht einrasten konnte. Als sie sah, daß der Tacho weiter fünfundfünfzig Meilen die Stunde anzeigte, stieß sie einen erleichterten Seufzer aus.

»Warum hast du den Motor ausgemacht, Mom?« fragte Sissy.
»Um das bißchen Sprit zu sparen, das wir noch haben, Liebling.«
»Wofür? Hast du eine Idee?«
»Ja, Liebling, ich habe eine Idee.« Sie lächelte ihrer Tochter aufmunternd zu, obwohl sie am liebsten geschrien hätte.

Sie wußte, daß es kein besonders großartiger Plan war, und daß die Chancen gegen sie standen. In ein paar Minuten würden sie am Strand vorbeikommen. Sie hatte vor, dort von der Autobahn abzubiegen und ins Meer zu fahren. Mit etwas Glück würde das Salzwasser den Zünder der Bombe außer Betrieb setzen, bevor sie explodieren konnte. Natürlich würde die Geschwindigkeit wahnsinnig schnell abfallen, sobald sie im Wasser waren, und es war mehr als wahrscheinlich, daß die Bombe trotzdem losging, oder daß sie nach allem ertrinken würden. Aber etwas Besseres fiel ihr im Augenblick nicht ein.

Als der Strand links von ihr auftauchte, startete sie den Motor, gab Gas und ließ die Kupplung langsam kommen. Ein Winken mit der linken Hand, und der Streifenwagen fiel zurück. Sie war jetzt ganz auf sich selbst gestellt.

»Festhalten, Kinder«, sagte sie, verlangsamte bis auf zweiundfünfzig und jagte mit dem Auto in die Ausfahrt. Sie machte eine scharfe Biegung nach rechts, und der kleine Wagen schlingerte fast seitlich in die Kurve. Zwei Reifen kamen von der Fahrbahn ab, und das Auto überfuhr einen niedrigen Metallpflock, der den Straßenrand im Winter für Schneepflüge kenntlich machte. Alice trat das Gaspedal voll durch und umklammerte das Steuer. Plötzlich dampfte es unter der Motorhaube. Das Leuchtsignal der Temperaturanzeige blinkte auf und blieb bei seiner roten Warnung. Offensichtlich hatte der Pflock den Kühler durchbohrt.

Die Ausfahrt ging in eine kurze Straße über, die bis zum Strand führte. Einen Augenblick lang flog das kleine Auto durch die Luft, als es über die Schwelle raste, die die Straße vom Strand trennte. Beim Aufprall sprang die Heckklappe auf. Schwarzer Rauch vermischte sich nun mit dem Dampf, der unter der Motorhaube hervorquoll.

»Jippee!« schrie Joel.

Und dann sah Alice die Antwort auf ihre stillen Gebete. Sie riß das Steuer scharf nach rechts. Das Auto schlingerte im weichen Sand und wurde merklich langsamer. Aber die Reifen drehten weiter mit rasender Geschwindigkeit, und die Tachonadel stand auf achtzig, obwohl sie mit höchstens vierzig Meilen durch den Sand krochen.

Dann riß sie das Steuer nach links. Der rechte Hinterreifen prallte gegen einen halb im Sand vergrabenen Balken und platzte. Dann begann das kleine Auto seinen mühsamen Anstieg die Düne hinauf, die Alice vorhin gesehen hatte.

»Sissy, mach eure Sicherheitsgurte auf und dann springt ihr raus«, schrie Alice über das Dröhnen des überforderten Motors.

Die Antriebsräder wühlten sich in den weichen Sand der Düne. Das Auto stand. Aber die Reifen drehten wie wild. Überall roch es nach verbranntem Gummi. Die Tachonadel stand auf siebzig, sank aber langsam ab.

»Raus mit euch«, schrie Alice. »Schaff deinen Bruder aus dem Auto und lauf! Schnell!«

Sissy beugte sich über ihren Bruder und drückte gegen die Beifahrertür, aber draußen hatte sich Sand angehäuft, und Sissy war zu schwach, um die Tür zu öffnen.

»Hinten raus!« schrie Alice, stemmte den Fuß aufs Gas, packte Joel und hob ihn über die Rücklehne nach hinten. Die Tachonadel stand jetzt auf sechzig. Der Motor fing an zu spucken und auszusetzen.

»Mami, komm doch«, schrie Joel über die Schulter zurück, während seine Schwester ihn von dem rauchenden Auto wegzerrte.

Alice warf sich mit aller Kraft gegen die Fahrertür, und es gelang ihr tatsächlich, sie aufzustoßen. Ein Stück entfernt konnte sie den Streifenwagen sehen, der sich offensichtlich festgefahren hatte. Die beiden Polizisten liefen auf sie zu. Ein weiterer Blick auf die Tachonadel. Dreiundfünfzig. Sie würden es nicht rechtzeitig schaffen.

Alice riß ihre Handtasche vom Boden und klemmte sie so zwischen Bremse und Gas, daß sie auf das Gaspedal drückte. Dann nahm sie langsam und vorsichtig den Fuß herunter. Die Nadel stand auf einundfünfzig.

Sie sprang aus dem Auto und rannte stolpernd die Düne hinunter.

Die Explosion schleuderte eine riesige Sandfontäne in den Himmel. Ein riesiger Feuerball erschien in der Mitte der Sandwolke und stieg hoch in die Luft. Alice riß schützend die Arme über den Kopf. Überall um sie herum schlugen brennende und rauchende Autoteile ein.

Als die Explosion vorbei war, rappelte Alice sich auf und stolperte zu Sissy und Joel. Sie ließ sich auf die Knie fallen und schloß die beiden in ihre Arme. »Alles in Ordnung mit euch?«

»Mann!« sagte Joel ehrfürchtig.
»Alles in Ordnung, Mom«, sagte Sissy.
»Fahren wir immer noch zu Mr. Happyland?« wollte Joel wissen.
Alice lachte. »Kommt nicht in die Tüte, ihr Räuber. Heute gehört ihr beide ganz alleine mir.« Und sie drückte sie noch ein bißchen fester an sich.

Originaltitel: MURDER IN THE FAST LANE, 13/85
Übersetzt von Brigitte Walitzek

G. S. Hargrave

Sheriff Bigelow und die vernickelte Taschenuhr

»Eine sehr merkwürdige Geschichte«, sagte Deputy Walts. Er kaute mit wachsender Bestürzung auf seinem dichten, schwarzen Schnurrbart herum. »Auf einer Skala von eins bis zehn würde ich ihr bedenkenlos eine zehn geben.«

Die ganze merkwürdige Geschichte fing an einem Dienstagmorgen im Oktober an. Walts und ich standen auf dem Eichenhainfriedhof – einem von vielen, längst vergessenen Friedhöfen, die zwischen den stoppeligen Feldern von Constantine County versteckt liegen – die Kragen gegen die Frische des frühen Morgens hochgeschlagen. Um uns herum ein Wald von Grabsteinen, eingefaßt von einem rostigen Eisenzaun, und dahinter ein abgeerntetes Maisfeld, eine kleine Gruppe uralter Eichen und eine Hecke, die so dicht war, daß nicht einmal ein Kaninchen durchgekommen wäre.

Der erste Bewohner des Eichenhainfriedhofs lag schon seit guten hundertfünfzig Jahren unter der Erde, in seiner Ruhe nur gestört durch die allmonatlichen Einfälle einer Gärtnertruppe, die auf Countykosten die Friedhöfe der ganzen Gegend in Ordnung hielt. Wirklich ein ruhiges Fleckchen, um die Ewigkeit abzuwarten.

Das heißt, bis heute.

Was Walts und ich bei unserer Ankunft vorfanden, waren nämlich ein halbes Dutzend brutal aufgerissener Gräber und ein makabres Durcheinander aus verstreuten Knochen, vermoderten Stoffetzen und halbzerfallenen Särgen, auf das sich barmherzig die ersten fallenden Herbstblätter senkten.

Es war wirklich mehr als merkwürdig.

»Mach lieber ein paar Fotos«, sagte ich zu Walts.

Er stapfte den Hügel hinunter zu unserem Auto. In der Zwischenzeit kam George Mackey, der Friedhofswärter des County, zielstrebig auf mich zu. Ich machte mich auf einiges gefaßt. Ich habe eine Nase für Unannehmlichkeiten.

»Sheriff Bigelow! Haben Sie so was schon gesehen! Wir schaffen es nie, die je wieder auseinanderzusortieren!«

Jedenfalls nicht diesseits der zweiten Wiederkunft des Herrn, dachte ich.

Der alte George ist mehr als nur eine Spur schwerhörig, aber dieses Handicap gleicht er aus, indem er jedem lauthals mitten ins Gesicht schreit. An die Lautstärke seiner Unterhaltungen hätte ich mich vielleicht irgendwann noch mal gewöhnen können, nicht jedoch an den Atem, den er einem dabei entgegenblies.

Ich zog mein Taschentuch und beschäftigte mich ausgiebig mit dem Putzen meiner Brille, was mir die Gelegenheit bot, meine Nase wenigstens vorübergehend aus seiner Feuerlinie zu ziehen. »Versuchen Sie es so gut es eben geht, George. Und machen Sie sich keine allzugroßen Gedanken – niemand wird den Unterschied merken.«

»So ein Blödsinn!« fauchte er mich an. »Glauben Sie vielleicht, *die* wissen nicht, welche Knochen zu ihnen gehören?« Einen Augenblick lang funkelte er mich noch mit glubschäugiger Empörung an, dann drehte er mir bedeutungsvoll den Rücken zu und stapfte vor sich hinmurmelnd den Hügel hinunter. Bei jedem Schritt hüpfte sein grauhaariger Schädel auf und ab. Seine Männer wurden wütend angefahren, sich die Schaufeln zu schnappen und sich an die Arbeit zu machen.

Der Tag fing ja gut an.

Walts kam zurück und zielte mit der Polaroid umständlich auf einen einsamen Oberschenkelknochen, der zu seinen Füßen lag. Es blitzte und sirrte. Walts wartete auf das Ergebnis seines Schusses und beäugte kritisch das sich hervorschiebende Foto.

»Die Bilder sollen doch nicht ins Familienalbum, Walts. Also mach voran, okay?«

Walts machte voran.

Ein Stück von uns entfernt waren Mackeys Helfer eifrig damit zugange, Knochen und Blätter ins nächstbeste offene Grab zu schmeißen. George heulte wütend auf und verlangte eine gerechte Verteilung der Verschiedenen.

Nach ungefähr zwanzig Minuten war Walts fertig und packte die Kamera zurück in ihre Hülle. Dann hob er den Kopf und sah mich an. »Das waren Vandalen, oder?«

Ich schüttelte den Kopf. »Dafür haben sie sich zuviel Zeit genommen und zuviel Mühe gemacht. Vandalen hätten vielleicht ein paar Grabsteine umgeworfen oder ein paar Büchsen Farbe versprüht. Aber das hier? Teufel – für das hier haben ein paar ausgewachsene Männer die halbe verdammte Nacht gebraucht!«

»Aber wenn es kein Vandalismus war, was war es dann?« In Walts' Stimme schwang ein leicht besorgter Unterton mit. Er klang wie jemand, der zu viele Horrorfilme im Fernsehen gesehen hat und so langsam auf komische Gedanken kommt.

»Grabräuber!« schrie ich. »Teufelsanbeter. Eine Bande von übergeschnappten Ahnenforschern, die aus dem nächsten Irrenhaus ausgebrochen sind. Woher, zum Teufel, soll ich das denn wissen?«

Es stand schlimm genug, ohne daß Boris Karloff ins Spiel gebracht wurde.

Walts riß die Augen auf und duckte sich unter dem unerwarteten verbalen Angriff wie ein geprügelter Hund. Mit seinen ganzen ein Meter neunzig und all seinen zweihundert Pfund.

Ich bin ein alter Mann und habe manchmal die Befürchtung, daß ich nicht nur alt, sondern auch unausstehlich werde.

Aber vielleicht liegt es auch nur daran, daß ich morgens meine Frühstücksflocken brauche.

Ich seufzte und zeigte auf den Streifenwagen. »Fahren wir zurück. Vom Rumstehen und die Hände in die Taschen stecken werden wir auch nicht schlauer.«

Walts zog hastig die Hände aus den Taschen und sah noch geknickter aus als zuvor.

Zehn Minuten später fuhren wir über die gewundene Landstraße nach Mecklin zurück. Deputy Walts redete nicht mehr mit mir.

Dadurch hatte ich wenigstens Zeit zum Nachdenken.

Die ganze Geschichte wollte mir nicht in den Kopf. Walts und ich hatten den Friedhof sorgfältig abgesucht, aber nicht einmal einen einsamen Fußabdruck oder eine weggeworfene Zigarettenkippe gefunden. Natürlich war der alte George in seinem Zorn überall herumgelatscht, bevor Walts und ich ankamen, und hatte bewundernswert gründlich alle Spuren verwischt, die wir sonst eventuell gefunden hätten. Verdammt, dachte ich. Er hätte nicht mehr Schaden anrichten können, wenn er es mit Absicht getan hätte.

Jedenfalls schien eines sonnenklar: Wer auch immer auf dem Friedhof gehaust hatte, er hatte etwas ganz Bestimmtes gesucht.

In jedem einzelnen der geöffneten Gräber hatte ein Mann gelegen. Und jeder einzelne von den Männern war im November 1939 gestorben.

Deputy Walts war kein nachtragender Mensch. Am Mittwochmorgen hatte sich die Lage zwischen uns wieder normalisiert. Was bedeutete, daß Walts soviel redete wie eh und je.

Wir saßen beim Frühstück im Waffel-Haus. Ich versuchte, die Meckliner *Gazette* zu lesen, während Walts sich in diversen Theorien über die Geschehnisse auf dem Eichenhainfriedhof erging. Nur ab und zu herrschte Funkstille, wenn er sich ein Stück Pfannkuchen oder ein gebratenes Würstchen in den Mund schob.

Ich überlegte kurz, ob ich ihn wieder beleidigen sollte, bloß um endlich Ruhe zu haben. Dann kam Millie Preston an unseren Tisch, um mir frischen Kaffee einzuschenken, und fing sich einen bewundernden Blick von Walts ein, wodurch die recht einseitige Unterhaltung wenigstens kurz unterbrochen wurde. Aber als Millies Faltenrock sich wieder entfernte, nahm Walts den Faden genau da wieder auf, wo er ihn fallengelassen hatte.

»Jedenfalls stirbt der alte Mann und wird beerdigt. Aber ein paar Tage später stellt der Sohn fest, daß das Lotterielos, das der alte Mann gekauft hatte, der Hauptgewinner ist. Also nehmen er und seine Frau das ganze Haus auseinander, können es aber nirgends finden, und dann plötzlich fällt dem Sohn ein, daß es in der Tasche der Jacke sein muß, in der sie den Alten begraben haben. Mitten in der Nacht schnappt er sich eine Laterne und eine Schaufel und schleicht zum Friedhof. Aber als er den Sarg öffnet –«

Ich hob den Blick von der Zeitung. »Was? Von welchem Sarg redest du da?«

Walts sah mich an, die Gabel knapp unter dem Schnurrbart in der Schwebe. »Na von dem im Spätfilm gestern abend.«

Ich hob vielsagend die Augenbrauen und wandte mich wieder meiner Zeitung zu.

Der Artikel stand auf Seite vier, zwischen einem Bericht über eine Invasion gigantischer afrikanischer Gartenschnecken irgendwo unten in Florida und dem Wetterbericht. Mit keinem Wort wurde erwähnt, wie groß man sich eine gigantische afrikanische Gartenschnecke vorzustellen hatte, aber irgendwie bekam man den Eindruck von ganzen Armeen tennisballgroßer Kreaturen, die sich auf Spuren von glitzerndem Schleim kreuz und quer über Rasenflächen und Einfahrten schoben. Amüsanter Lesestoff, aber nicht unbedingt meine Vorstellung von präzisem, informativem Journalismus.

Der Artikel über die vandalisierten Gräber war etwas ganz anderes. Er stammte von Carmen Willowby und beschränkte sich auf eine knappe Darstellung der wenigen Fakten, die es bisher gab. Ich wußte, daß Carmen den Artikel geschrieben hatte, weil sie mich im Büro angerufen und gefragt hatte, ob auch mir die Übereinstimmung der Daten auf den Grabsteinen aufgefallen sei.

Carmen Willowby ist neu in Mecklin und meiner Meinung nach eine willkommene Bereicherung unseres kleinen Missouristädtchens. Ich könnte mir denken, daß eine Reihe jüngerer Männer ebenfalls so denkt, wenn auch aus völlig anderen Beweggründen.

Carmen ist etwa Mitte Zwanzig, ein Alter, an das ich mich kaum noch erinnere, schlank, lebhaft und voller Energie. Außerdem hat sie blondes Haar, blaue Augen und ein nettes, offenes Lächeln.

Walts jedenfalls ist sie gleich aufgefallen. Als er sie das erste Mal sah, schlurfte er hinterher eine ganze Woche lang im Büro herum wie etwas, aus dem jemand die Luft herausgelassen hat. Seitdem ist er nicht mehr derselbe. Wenn Sie meine Theorie hören wollen – Carmen ist so intelligent und sieht so gut aus, daß der gute alte Walts sich nicht traut, auch nur pieps zu sagen.

Zusätzlich zu all diesen bewundernswerten Qualitäten ist Carmen Willowby auch noch taktvoll. Mit keinem Wort erwähnte sie die Namen oder die Daten auf den Grabsteinen und ersparte auf diese Weise einem müden alten Landsheriff, Gott weiß wie viele erzürnte Anrufe von aufgebrachten Angehörigen.

Sie können mir glauben, meine Dankbarkeit kannte keine Grenzen.

Ich faltete die Zeitung zusammen und dachte, daß die ganze Geschichte spätestens in einer Woche vergangen und vergessen sein würde.

Was wieder einmal die Richtigkeit einer weiteren Theorie von mir belegte: daß nämlich Älterwerden nicht unbedingt auch Schlauerwerden bedeutet.

Am frühen Dienstagmorgen um halb vier klingelte mein Telefon. Ich war nicht sehr erfreut.

Es war mein alter Freund George Mackey.

»Die waren schon wieder da, Sheriff! Dieses Mal in Willow Creek.«

»Hä?« Mein Gehirn war noch etwas vom Schlaf vernebelt. »Wer war wo?« fragte ich dann und warf einen Blick auf die Leuchtanzeige des Radioweckers auf meinem Nachttisch. »Heiliger Himmel, George! Wissen Sie eigentlich, wie spät es ist? Gehen Sie schlafen und rufen Sie mich morgen früh wieder an.«

Fragen Sie mich bloß nicht, warum ich den Spruch immer wieder probiere. In fünfundzwanzig Jahren hat er noch kein einziges Mal gewirkt.

»Die Leichenfledderer, Sheriff! Ich habe sie in Willow Creek beim Fleddern erwischt.«

Plötzlich war ich hellwach. »Sie haben jemanden *erwischt?* Was in drei Teufels Namen ist los, George? Wo sind Sie überhaupt?«

»Na, in Freemont – wo Sie auch sein sollten, wenn Sie ein richtiger Sheriff wären. In der Telefonzelle vor Humboldts Tankstelle. Verdammt noch mal, gleich gegenüber von der Farmer-Coop.«

Ich knipste das Licht an. »Ich weiß schon. Hören Sie, George. Sind Sie in Gefahr?«

»Teufel noch mal, nein! Die sind abgehauen.«

Dem Himmel sei Dank für kleine Wohltaten.

»Also, was ist passiert?« Ich saß auf der Bettkante und zog die Hose über meinen Schlafanzug.

»Ich kann es nicht leiden, wenn Leute auf *meinen* Friedhöfen rumwühlen, Sheriff. Ich kann es ganz und gar nicht leiden!«

So langsam redete George sich in Fahrt, und ich befand mich auf einmal mitten in einer langatmigen Vorlesung über die mutmaßlichen Angewohnheiten von Leuten, die Friedhöfe vandalisieren, und zwar in Worten, bei denen sich so mancher von Georges Schützlingen aufgesetzt und mit den Ohren geschlackert hätte. Plötzlich ging mir auf, daß der gute alte George so betrunken war wie ein Stinktier.

»Erzählen Sie mir ganz in Ruhe, was passiert ist«, gelang es mir, in eine kurze Unterbrechung der unflätigen Wortflut einzuflechten. Nicht einmal George konnte die Flasche ansetzen und gleichzeitig reden.

»Nach dem, was neulich im Eichenhain passiert ist, habe ich gedacht, ich drehe lieber mal auf alle Fälle eine Runde. Und als ich auf die Willow Creek Road komme, sehe ich doch tatsächlich Licht. Also fahre ich auf den Friedhof, stelle den Transporter ab und steige aus. Aber wahrscheinlich haben die Kerle mich auch gesehen, denn plötzlich kommt so ein klappriger Transporter rausgeschossen, als wäre der Teufel hinter ihm her. Fast hätte der Dreckskerl mich über den Haufen gefahren.«

»Haben Sie ihn gesehen?«

»Es war zu verdammt dunkel, und er ist zu verdammt schnell gefahren. Aber den Wagen würde ich erkennen. Es war ein alter Studebaker. Die gibt es ja heutzutage kaum noch.«

»Hören Sie, George. Bleiben Sie, wo Sie sind. Ich komme so schnell wie möglich zu Ihnen raus.«

»Ich weiß nicht, Sheriff. Und wenn die zurückkommen? Sollte ich nicht besser auf dem Friedhof auf Sie warten?«

»Verdammt noch mal, George. Genau das will ich gerade vermeiden. Was würden Sie denn machen, wenn die tatsächlich zurückkämen? Bleiben Sie, wo Sie sind. Ich bin gleich da.«

George rülpste, murmelte etwas Unverbindliches und hängte einfach ein.

Ich wählte die Nummer von Deputy Walts. »Walts? Hier ist Bigelow.«

»Hä?«

»Zieh dich an, Walts. Wir haben Ärger auf dem Willow Creek Friedhof. Ich hole dich in zehn Minuten ab.«

Eine halbe Stunde später trudelten wir in Freemont ein und fanden George Mackey neben der Telefonzelle in seinem Transporter. Er hatte sich mit einer Literflasche Wild Turkey getröstet. Der Whiskey hatte auf George dieselbe Wirkung wie auf die wilden Truthähne, nach denen er benannt war.

»Wo zum Teufel waren Sie so lange?«

»Ich mußte noch Deputy Walts zur Verstärkung holen«, sagte ich. »Fahren wir jetzt zum Friedhof.«

George legte den Gang so krachend ein, daß jeder Mechaniker zusammengezuckt wäre, und holperte auf die Straße. Nach einer Weile bog er auf die Willow Creek Road ab, wobei er das Stoppschild am Dorfrand absichtlich überfuhr, nur um mich zu ärgern.

Zehn Minuten später waren wir am Friedhof. Es war Vollmond. Bodennebel zog in geisterhaften Schwaden über die Felder. Kalt war es auch. Ich konnte meinen eigenen Atem sehen.

Die Tür von Mackeys Transporter schwang quietschend auf und wurde energisch zugeschlagen. Auf einer nahe gelegenen Farm wurde ein Hund wach und fing an zu bellen.

»Hier rüber«, sagte Mackey.

Alles war fast so wie beim ersten Mal, bloß daß dieses Mal nur vier Gräber geöffnet worden waren. Drei davon lagen dicht nebeneinander. Das vierte war etwa zwanzig Meter weiter entfernt.

Ich richtete den Strahl meiner Taschenlampe auf die feuchte Erde rings um das erste offene Grab. »Passen Sie auf, wo Sie hintreten, George!« sagte ich. Es waren Fußstapfen und ein deutlicher Reifenabdruck zu sehen, und ich wollte nicht, daß er mir schon wieder alle Beweise zertrampelte.

Walts ging zu dem weiter entfernt liegenden Grab.

Ich ließ meine Taschenlampe über die Grabsteine der drei ersten Gräber wandern. Alle waren aus dem November 1939.

George bückte sich und hob etwas von der Erde auf. Es glitzerte im Mondlicht.

»Sheriff Bigelow!« rief Walts. »Kommen Sie mal.« Er stand vor dem offenen Grab am Rand des Friedhofs und leuchtete mit seiner Taschenlampe hinein. Seine Stimme klang ein bißchen merkwürdig.

Ich glaube nicht, daß das Grab ursprünglich für eine Doppelbelegung vorgesehen gewesen war, aber im Augenblick sah es ganz danach aus.

Ein alter Mann in Arbeitsklamotten lag mit dem Gesicht nach unten in dem offenen Loch. Allem Anschein nach hatte jemand ihm einen Spaten über den Schädel gezogen und angefangen, das Loch wieder zuzuschaufeln.

»Heiliger Himmel!« stöhnte George. Offensichtlich war er auf die Möglichkeit vorbereitet gewesen, daß jemand sich mit einer seiner Leichen aus dem Staub gemacht haben könnte, aber bestimmt nicht darauf, daß ein Neuzugang auf derart informelle Art so einfach bei ihm abgeladen wurde. Er bekam den Schluckauf, zog eine Flasche aus seiner Hüfttasche und leerte sie mit drei deutlich gluckernden Schlucken.

Ich ließ mich in das Loch gleiten. Mein erster Eindruck hatte mir gesagt, daß der Mann tot war. Der fehlende Puls gab mir die Bestätigung.

»Ruf einen Krankenwagen«, sagte ich zu Walts. »Aber du kannst denen sagen, daß sie sich nicht zu beeilen brauchen.«

»In Ordnung«, sagte Walts und trabte zum Auto.

»Wer könnte das sein?« flüsterte George.

»Einer der Grabräuber, würde ich sagen«, sagte ich und kletterte aus dem Loch heraus. George half mir, indem er an meinem Ärmel zerrte. Als ich oben war, hielt er sich weiter daran fest.

»Was haben die bloß gewollt?«

Ich schüttelte ihn von meinem Ärmel ab und legte ein Stück Distanz zwischen uns. Wenn George zufällig mal in eine offene Flamme atmete, würde er sein blaues Wunder erleben.

»Wenn ich das nur wüßte, George.«

Das Blatt hatte sich ganz entschieden zum Schlechteren gewendet. Am Anfang hatten wir es nur mit einem ruchlosen Bösewicht zu tun, der bei Mondlicht Gräber aushob. Ich gebe zu, daß es mich ein bißchen störte, aber ich hätte damit leben können. Was blieb mir auch anderes übrig. In der heutigen Welt sind ruchlose Bösewichter nun einmal gang und gäbe.

Aber ein Mord war etwas anderes. Wenn sich in Constantine County ein Mörder herumtrieb, konnte ich mir das nicht so einfach gefallenlassen.

Walts kam vom Streifenwagen zurück. »Sie sind ungefähr in zwanzig Minuten hier. Ich habe Bernice übrigens gesagt, sie soll Jerry herschicken. Heute brauchen wir doch sicher ein paar erstklassige Fotos, oder?«

»Sehr schön«, sagte ich. »Da drüben habe ich übrigens ein paar Fußstapfen und Reifenspuren gesehen. Hol den Kasten aus dem Auto und mach ein paar Gipsabdrücke, bevor alles zertrampelt wird.«

»In Ordnung.« Walts drehte sich um und ging wieder zum Auto zurück.

Der alte George sah ihm interessiert nach. Er hatte immer noch den Gegenstand in der Hand, den er vorhin, als Walts die Leiche gefunden hatte, vom Boden aufgehoben hatte.

»Was haben Sie denn da, George?« fragte ich ihn.

»Was?« Er sah auf seine Hand und hielt mir den Gegenstand entgegen.

Ich nahm ihn.

Es war eine alte, halb verrostete, vernickelte Taschenuhr, in deren Glas sich das Mondlicht vorhin widergespiegelt hatte. Ich drehte die Uhr um, rieb mit dem Daumen die Erde ab und hielt sie unter das Licht meiner Taschenlampe.

Auf der Rückseite stand etwas, zwar nicht mehr sehr deutlich, aber immer noch lesbar. In der Mitte war in großen, verschnörkelten Kursivbuchstaben der Name »Wilcox« eingraviert, und um den Rand herum in kleineren Buchstaben die Worte: »Für Clyde, von Emma, zum fünfzigsten Geburtstag, 14. Juni 1977.«

Das Grab, in dem wir die Leiche des alten Mannes gefunden hatten, gehörte einem Clyde Wilcox, geboren am 14. Juni 1877, gestorben am 15. November 1939. So weit also zu einem Hinweis auf die Identität unseres jüngsten Todesfalles. Und ein Hinweis auf das Motiv des Täters war die Uhr auch nicht. Sie war nicht gerade ein altägyptischer Grabschatz und sicher kein Grund, jemandem den Schädel einzuschlagen, nur um in ihren Besitz zu gelangen.

Ich steckte sie in meine Tasche.

Erst lange nach Sonnenaufgang kamen wir vom Friedhof weg. Inzwischen spürte ich in allen Knochen, daß ich nur vier Stunden geschlafen hatte. Ich ließ mich von Walts zuhause absetzen und war wild entschlossen, etwas dagegen zu unternehmen.

Zu dem Zeitpunkt, an dem ich unter die Decken kroch, ruhte unser »unbekannter Toter, Hautfarbe weiß, Geschlecht männlich, geschätztes Alter siebzig Jahre«, schon gemütlich auf einer Marmorplatte in Doc McIlroys Labor und wartete darauf, daß unser guter Doktor sich ausführlicher um ihn kümmerte. Bislang war das einzig Interessante an seinem neuesten Gast das völlige Fehlen jeglicher Identifizierung.

Doc schien ein ungewöhnliches Interesse für die Zähne des alten Mannes an den Tag gelegt zu haben, als er die Leiche noch am Tatort untersuchte. Aber falls ihm dabei etwas Bedeutsames aufgefallen war, hatte er es für sich behalten.

So ist Doc McIlroy nun einmal. Er hat eine Vorliebe für dramatische Effekte und gibt sich gerne den Anschein, als würde er ein Kaninchen aus seinem Hut zaubern.

Ich hoffte, daß er tatsächlich bald etwas in dieser Größenordnung zustande bringen würde, denn Luther Kroger, unser allseits geschätzter Bezirksstaatsanwalt, würde mir noch vor Tagesende im Nacken sitzen und von mir verlangen, unverzüglich jemanden zu verhaften.

Verdammt noch mal, ich wußte ja nicht einmal, wer der Tote war.

Ich will nicht so weit gehen zu behaupten, daß ich nicht an Zufälle glaube, aber ich halte sie für hochgradig verdächtig. Als am späten Donnerstagabend eine ältere Dame bei mir anrief und sagte, sie habe das Gefühl, jemand schleiche um ihr Haus herum, bemerkte ich sehr wohl, daß sie mit Familiennamen Wilcox hieß.

Melinda Wilcox wohnte in Corinth, einem Pünktchen Fliegendreck auf der Landkarte, etwa zwanzig Meilen südöstlich von Mecklin. Ihr großes altes Haus stand am Rand des Dorfes und schien einer längst vergangenen Zeit anzugehören. Von seinen nächsten Nachbarn unterschied es sich nur darin, daß um elf Uhr abends noch jedes einzelne Fenster hell erleuchtet war.

Ich hielt am Straßenrand an und schaltete den Suchscheinwerfer ein, um das Gelände rechts und links des Hauses erst einmal aus der Sicherheit des Streifenwagens zu begutachten. Dann stieg ich aus, schlug die Tür zu und ging zum Haus. Durch die Spitzenvorhänge an den Scheiben der Haustür beobachtete mich jemand.

Ich klopfte und wartete. Ein Riegel wurde zurückgezogen, eine Sicherheitskette klirrte – beides Vorkehrungen, die bei einer Tür mit soviel Glas kaum mehr als einen psychologischen Wert hatten.

Die Tür wurde einen Spaltbreit geöffnet.

»Ja?« Die Stimme klang klein und zittrig.

»Ich bin Sheriff Bigelow, Madam. Waren Sie es, die uns vorhin angerufen hat?«

»Ja, das war ich.« Sie löste die Kette vollends und öffnete die Tür etwas weiter. »Kommen Sie doch bitte herein.«

»Ich sehe mich lieber erst einmal draußen um. Wo haben Sie den Mann gesehen?«

»Hinter dem Haus. Das heißt, gesehen habe ich nichts. Ich habe nur das Klirren von Glas gehört. Vielleicht hat jemand versucht, in den Keller einzubrechen.«

»Gehen Sie wieder hinein und schließen Sie hinter sich ab«, sagte ich. »Wenn ich soweit bin, klopfe ich wieder.«

Die Tür wurde zugemacht und der Riegel vorgelegt.

Ich ging durch eine Lücke zwischen dem Haus und einer hohen Hecke nach hinten, die Taschenlampe in der linken und die Pistole in der rechten Hand. Hätte ich mich streng an die Vorschriften gehalten, hätte die Waffe noch im Halfter sein müssen.

Aber ich habe gelernt, daß es Zeiten gibt, zu denen die Befolgung der Vorschriften einen in nicht unbeträchtliche Schwierigkeiten bringen kann.

Ich wünschte mir, Walts wäre bei mir, und tadelte mich gleich darauf für den Gedanken. Es wäre nicht fair gewesen, ihn wegen so einer unbedeutenden Sache zu wecken, vor allem, wo er den ganzen Vormittag und den halben Nachmittag allein die Stellung gehalten hatte, damit ich meinen Schlaf nachholen konnte.

Hinter dem Haus war natürlich kein Mensch zu sehen. Aber ein Stück weiter stand das Gartentor offen und quietschte leise im Wind. Das Tor führte auf einen schmalen Weg, der sich durch die Felder schlängelte. Ich ging hin und sah mich um.

Meine Taschenlampe huschte über den Boden und fand frische Reifenspuren. Vielleicht würde ich später ein bißchen Gips verkleckern, dachte ich. Das Zeug kostete ja kaum etwas.

Dann ging ich zur Kellertür, zu der vier Stufen hinunterführten und die in eine Bruchsteinmauer eingelassen war. Eine Glasscheibe war aus der Tür herausgebrochen, und das wuchtige Sicherheitsschloß, das an der Tür hing, zeigte deutliche Anzeichen dafür, daß jemand versucht hatte, es aufzubrechen.

Ich ging um die andere Seite des Hauses herum wieder nach vorne und steckte die .38er ins Halfter zurück, bevor ich erneut an die Tür klopfte.

»Haben Sie etwas gefunden, Sheriff?«

»Sieht so aus, als hätte jemand versucht, Ihre Kellertür aufzubrechen. Eine Scheibe ist eingeschlagen, aber abgesehen davon scheint nichts weiter passiert zu sein.«

»Bitte«, sagte sie. »Kommen Sie doch herein. Möchten Sie einen Kaffee? Ich habe gerade welchen aufgebrüht.«

»Da sage ich nicht nein«, sagte ich, trat durch die Tür und zog den Reißverschluß meiner Jacke auf. »Es ist ganz schön kühl draußen. Sollte mich nicht wundern, wenn wir heute nacht noch Frost bekommen.«

Ich folgte Melinda Wilcox durch die Diele und ein dunkles, viktorianisch wirkendes Empfangszimmer in die Küche. Die Küche war hell und warm. Auf dem abgetretenen Linoleumboden stand ein Tisch mit verchromten Beinen und dazu passenden Stühlen, und an der Wand ein wuchtiger, weißer Kühlschrank, der mindestens zwanzig Jahre alt sein mußte. Über dem Kühlschrank hing eine Plastikuhr in Form einer Katze. Sie wissen schon, was ich meine. So ein Ding, wo der Schwanz das Pendel ist und bei dem die Augen unaufhörlich von links nach rechts huschen oder umgekehrt.

Melinda Wilcox war sicher von je her eine kleine Person gewesen, aber nun hatte die Zahl ihrer Jahre sie noch kleiner werden lassen. Sie zögerte nicht, mir mitzuteilen, daß sie dreiundachtzig Jahre alt war. Rüstige dreiundachtzig, wie ich bemerkte. Sie war immer noch flink auf den Beinen und bewegte sich, gestützt auf einen glänzenden, schwarzen Stock mit schnellen, winzigen Trippelschritten durch die riesige Küche.

Sie goß mir einen Kaffee ein. Der Ausguß der Kanne klirrte leise gegen das Porzellan der Tasse, denn ihre blaugeäderten Hände zitterten leicht.

»Nehmen Sie Milch oder Zucker, Sheriff Bigelow?«

»Nein, vielen Dank.«

»Ich glaube, ich trinke auch eine Tasse«, sagte sie. »Nach all der Aufregung kann ich wahrscheinlich ohnehin nicht schlafen.« Sie schenkte sich ebenfalls eine Tasse ein und ließ sich auf einem Stuhl mir gegenüber nieder. »Wissen Sie, alte Leute brauchen nicht mehr so viel Schlaf. Irgendwo habe ich einmal gelesen, daß es mit dem Stoffwechsel zusammenhängt.« Sie lächelte mich auf sehr charmante Weise an und enthüllte dabei ein gutsitzendes Gebiß. »Aber ein Mann Ihres Alters weiß von solchen Problemen natürlich noch nichts.«

Nach Kommentaren dieser Art bin ich immer eine ganze Woche lang glücklich.

»Können Sie sich denken, wer versucht haben könnte, in Ihr Haus einzubrechen, Mrs. Wilcox.«

»Miss«, korrigierte sie mich. »Ich bin eine alte Jungfer.« Einen

Augenblick lang schien sie wie versunken, als überlege sie, wie es wohl dazu hatte kommen können, aber dann war sie wieder voll da. »Nein – ich habe nicht die leiseste Ahnung. Aber heutzutage hört man ja so oft von solchen Vorfällen, daß es mich fast wundert, daß es nicht schon längst passiert ist.«

»Leben Sie alleine hier?«

Sie nickte.

»Haben Sie vielleicht Verwandte, zu denen Sie gehen könnten?«

»Hören Sie, Sheriff. Ich lebe seit über sechzig Jahren in diesem Haus und fühle mich absolut sicher hier. Alle Türen und Fenster haben Schlösser, und falls mich noch einmal jemand belästigen sollte, gehe ich einfach ans Telefon und rufe Sie, wie ich es eben auch getan habe.«

»Morgen früh schicke ich Ihnen meinen Deputy vorbei, damit er sich bei Tageslicht noch einmal umsieht, wenn ich auch nicht glaube, daß er viel finden wird. Aber dann kann er in einem Ihre Türen und Fenster überprüfen, um ganz sicher zu gehen.«

»Das ist sehr freundlich von Ihnen«, sagte sie.

Ich wußte nicht genau, wie ich das nächste Thema anschneiden sollte, aber ich mußte mit ihr darüber sprechen. »Ich – äh – vermutlich haben Sie in der Zeitung gelesen, was auf dem Eichenhainfriedhof passiert ist?« fing ich an.

»Aber sicher«, sagte sie. »Ist es nicht schrecklich?«

Eine verlegene Stille. Die Katze an der Wand tickte.

»Gestern nacht ist etwas Ähnliches passiert«, sagte ich schließlich. »Auf dem Friedhof in Willow Creek.«

Ich hatte mit irgendeiner Reaktion gerechnet, erntete aber nur Schweigen und einen fragenden Blick. Vielleicht handelte es sich doch nur um eine zufällige Namensgleichheit.

»Warum erzählen Sie mir das?« fragte sie höflich. »Sie können doch nicht denken, daß ich etwas damit zu tun habe?«

»Natürlich nicht. Es ist nur, weil eines der geöffneten Gräber einem Mann namens Clyde Wilcox gehörte. Und da dachte ich, daß Sie ihn vielleicht gekannt –«

Jetzt bekam ich meine Reaktion.

Ihre Stimme war so leise, daß ich sie fast nicht verstand. »Mein Vater hieß Clyde Wilcox. Aber –«

Verdammt, dachte ich. »Und Ihre Mutter?«

»Emma«, sagte sie. »Ihr Mädchenname war Emma Morrison.«

»Oh«, sagte ich und drehte meine Tasse zwischen den Händen.

Ihre Augen sahen mich fest an.

»Beunruhigen Sie sich nicht«, sagte ich abrupt. »Es wurde kein großer Schaden angerichtet, und inzwischen ist längst wieder alles in Ordnung. Es – es tut mir leid, daß ich überhaupt damit angefangen habe.«

Sie sah mich mit einem Blick an, in dem erst eine Frage und dann Verständnislosigkeit lag. »Ich weiß, was Sie denken, Sheriff, aber es ist einfach nicht möglich.«

»Ich fürchte doch«, sagte ich. »Clyde Wilcox, geboren am 14. Juni 1877, gestorben am –«

Sie schüttelte den Kopf. »Nein! Ich verstehe das alles nicht. Mein Vater wurde zwar am 14. Juni 1877 geboren, aber er stammte ursprünglich aus Indiana, und dort befindet sich unsere Familiengrabstätte. Er und meine Mutter sind dort begraben, Sheriff. Nicht hier in Missouri.«

Mein Unbehagen darüber, daß ich das heikle Thema hatte anschneiden müssen, machte einer merkwürdigen Verwirrung Platz. Fragen schwirrten in meinem Kopf herum wie ein Schwarm wütender Hornissen.

Wahrscheinlich liegt es in der menschlichen Natur, daß man immer hofft, einfache Antworten auf komplizierte Fragen zu finden. Auch ich wollte eine einfache Antwort, und ich fand sie.

Mit leicht vorhersehbaren Ergebnissen, wie ich hinzufügen könnte.

Am Freitagmorgen zog Doc McIlroy sein Kaninchen aus dem Hut.

Er kam in mein Büro, zerstreut an seiner Pfeife nuckelnd, blieb zögernd stehen und ließ die Pfeife achtlos in die Tasche des Laborkittels fallen, den er über seinem herbstlichen Tweedanzug trug.

Doc ist manchmal wirklich eine Feuergefahr.

Dann sah er sich im Zimmer um, hocherfreut darüber, daß sein Publikum größer war, als er es sich erhofft hatte. Walts war noch da, obwohl er schon längst nach Corinth und zum Haus von Melinda Wilcox unterwegs sein sollte. Und Carmen Willowby war da. Sie war wenige Augenblicke bevor Walts anfing, Entschuldigungen für sein Bleiben zu suchen, ins Büro hereingeschneit.

Doc setzte sich und beehrte Carmen mit einem Nicken und einem Blinzeln. Dann lehnte er sich zurück, verschlang die Hände im Nacken und gab sich vertieft in das Studium der abblätternden Farbe an der Zimmerdecke.

»Handelt es sich um einen Freundschaftsbesuch?« erkundigte ich mich.

Doc senkte den Blick, bis er dem meinen begegnete. »Das nicht gerade. Ich habe den alten Mann identifiziert, falls es Sie überhaupt noch interessieren sollte.« Er machte eine dramatische Pause und bemerkte dann: »Es waren seine Zähne, die ihn verraten haben.«

»Wie meinen Sie das?« fragte Carmen. Wie aus dem Nichts war in ihren Händen ein Block und ein Bleistift aufgetaucht, und auf ihrer Nase saß plötzlich eine Brille.

»Sein Gebiß, beziehungsweise die Arbeiten daran, hatten so etwas«, sagte Doc, »was man mangels eines besseren Ausdrucks vielleicht als ›institutionale Stümperei‹ bezeichnen könnte.«

»Ich kann Ihnen nicht folgen«, sagte Carmen.

»Die Qualität der handwerklichen Arbeit war so minderwertig«, erklärte Doc, »daß ich gleich vermutete, er sei bei einem Gefängniszahnarzt gewesen. Gelegentlich ist eine Praxis in einer derartigen Institution der letzte Strohhalm für kaum kompetent zu nennende Vertreter des Berufsstandes.«

»Also so ähnlich wie die Ernennung zum Polizeiarzt«, kommentierte ich.

»Bisher jedenfalls hat sich bei mir noch keiner beklagt«, gab Doc trocken zurück und wandte sich wieder an Carmen. »Die Wäschezeichen in seinen Kleidungsstücken schienen in dieselbe Richtung zu weisen, und die Tatsache, daß die Zeichen kaum verblaßt waren, deutete auf eine relativ kürzliche Entlassung. Also habe ich ein Telex mit seiner Beschreibung an die Strafvollzugsbehörde geschickt und heute vormittag einen möglichen Namen genannt bekommen. Und als dann eben seine Akte über Telex durchgegeben wurde, war ich mir ganz sicher.«

»Dann haben die sich aber ganz schön beeilt«, sagte Walts. »In den letzten Monaten sind doch bestimmt eine ganze Menge Leute entlassen worden, auf die die Beschreibung passen könnte.«

»Aber nicht in seinem Alter«, erklärte Doc. »Der durchschnittliche Strafgefangene ist relativ jung. Unser Mann jedoch war fast so alt wie Sheriff Bigelow.«

Ich war auf eine darartige Bemerkung gefaßt gewesen. »Wollen Sie uns nun seinen Namen verraten oder nicht?« fragte ich.

»Benjamin Simms«, sagte Doc. »Neunundsechzig Jahre alt. Vor sechs Wochen aus Kuypersville entlassen. Übrigens waren ihm Gefängnisse nicht fremd. Er hat auch in Leavenworth und anderswo gesessen. Und fast mehr Zeit im Gefängnis als außerhalb verbracht.«

Doc fuhr in die Tasche seines Laborkittels und zog einen umfangreichen Telexausdruck hervor. »Seine Akte.«

»Danke«, sagte ich.

»Nicht der Rede wert.«

»Weswegen hat er gesessen?« fragte Walts.

»Wegen allem möglichen«, antwortete Doc. »Zuletzt wurde er vor fünf Jahren wegen bewaffnetem Raub zu zehn Jahren verurteilt, wegen seines Alters jedoch vorzeitig entlassen.«

Großartig, dachte ich. Jetzt gibt es also selbst im Strafvollzug schon Seniorentarife.

Ich überflog den Teil, der die letzten Jahre abhandelte und legte die Akte dann zur Seite, um sie später in aller Ruhe durchzusehen.

Carmen tippte mit dem Bleistift darauf. »Darf ich mal sehen?«

»Sicher«, sagte ich. »Aber schreiben Sie nichts, ohne es vorher mit mir abgesprochen zu haben.«

Carmen fing an zu lesen. Walts sah ihr dabei über die Schulter.

»Was meinen Sie? Was hat Benjamin Simms sich dabei gedacht, diese Gräber auszurauben?« fragte Doc mich.

»Ich habe nicht die leiseste Ahnung«, gestand ich. »Aber es scheint da eine Verbindung zwischen ihm und einer alten Dame in Corinth zu geben. Sie heißt Melinda Wilcox.«

»Wilcox –« Doc McIlroy nagte nachdenklich an seiner Unterlippe. »War das nicht der Name auf dem Grab, in dem die Leiche des alten Mannes gefunden wurde?«

Ich nickte. »Clyde Wilcox. Er war Melinda Wilcox' Vater. Das Problem ist nur, daß er angeblich ganz woanders beerdigt wurde. In Indiana, sagte die alte Dame.«

»Höchst merkwürdig«, sagte Doc. »Wie sind Sie überhaupt auf die Dame gekommen? Sie haben da was von einer Verbindung erwähnt?«

»Gestern abend hat jemand versucht, in ihren Keller einzubrechen. Die Reifenspuren, die wir hinter ihrem Haus gefunden haben, entsprechen denen vom Friedhof in Willow Creek.«

»Hm. Und was sagt die alte Dame dazu?«

»Nicht viel«, sagte ich. »Aber sie bleibt dabei, daß ihr Vater nicht auf dem Willow Creek Friedhof begraben ist.«

»Wie erklärt sie sich dann die Uhr, die Sie dort gefunden haben?«

»Ich habe ihr nichts davon gesagt«, sagte ich. »Ich bin zwar kein Psychologe, aber mir kam der Gedanke, daß sie es vielleicht einfach nicht verkraften kann, daß jemand das Grab ihres Vaters ausgegraben hat. Und ich sah keinen Grund, sie dazu zu zwingen, der Wahrheit ins

Gesicht zu sehen.«

Doc nickte. »Vielleicht ist es wirklich am besten, sie in Ruhe zu lassen. Es besteht ja wohl kein Zweifel daran, daß es sich tatsächlich um das Grab ihres Vaters handelt. Sein Name steht auf dem Grabstein, und die Uhr ist nur eine letzte Bestätigung.«

Mir fiel etwas Komisches ein, das ich unbedingt noch loswerden mußte. »Haben Sie schon Luther Krogers neueste Theorie gehört?« fragte ich.

Doc McIlroy schüttelte den Kopf und verzog den Mund zu einem gequälten Lächeln.

»Er glaubt, daß George Mackey der Täter ist.«

»Sieh mal einer an.«

»Er meint, unser guter George und der Verstorbene haben einen Grabräuberring aufgezogen und methodisch alle unsere Bezirksfriedhöfe auf vergrabene Wertsachen durchwühlt. Neulich nachts bekamen die beiden dann Streit, und George schlug seinem Komplizen mit der Schaufel den Schädel ein.«

»Genial«, sagte Doc. »Luther hätte doch besser den Haushaltswarenladen seines Vaters übernommen, wie sein alter Herr es immer wollte.«

»He«, unterbrach Carmen uns. »Hier steht, daß Benjamin Simms 1936 wegen Beteiligung an einem Banküberfall verurteilt wurde.«

»Wie schon gesagt«, kommentierte Doc, »hatte der Mann eine lange und illustre Karriere hinter sich.«

Carmens große, blaue Augen sahen uns über den Rand ihrer Brille hinweg an. »Es heißt hier, daß er in Constantine County gefaßt wurde.«

Ich griff nach den Papieren.

Auf dem Telexbogen fand sich eine detaillierte Aufzählung von Benjamin Simms' Straftaten von den fünfziger Jahren an. Für die Zeit davor waren die Informationen eher mager. Doc erklärte, daß die Strafvollzugsbehörde erst Ende der sechziger Jahre damit begonnen hatte, ihre Akten auf Computer zu speichern, und daß man es damals für ausreichend hielt, nur die letzten zehn Jahre komplett zu übernehmen.

»Und wo kriegen wir die früheren Unterlagen her?« fragte ich.

»Nirgends«, sagte Doc. »Es hat vor ein paar Jahren bei denen gebrannt.«

Falls Sie jetzt glauben, Computerakten wären sicherer, haben Sie noch nie ein Streichholz an ein Stück Plastik gehalten.

Jedenfalls war das, was Carmen gesagt hatte, so ungefähr alles, was es zu sagen gab. Mit einer bemerkenswerten Ausnahme. Nach seiner ersten Verurteilung war Simms aus dem Gefängnis ausgebrochen und eine Weile später wieder aufgegriffen worden.

Ich sah Carmen an. Es war ihr nicht entgangen, wie wichtig der nächste Punkt war.

Das zweite Mal war Simms ebenfalls in Constantine County verhaftet worden.

Und zwar im November 1939.

Ich faltete den Telexausdruck zusammen und legte ihn auf meinen Schreibtisch. Zwar hatte ich immer noch keine Ahnung, was das Ganze bedeutete, aber immerhin nahmen ein paar schattenhafte Umrisse so langsam Gestalt an. Und in meinem Kopf entstand ein kleiner Plan, ein bißchen Freiwilligenarbeit aus einer gewissen jungen Dame herauszulocken, die nicht auf der Gehaltsliste des County stand.

»Walts«, sagte ich. »Glaubst du nicht, daß es jetzt Zeit ist, zu Miss Wilcox zu fahren?«

Er nahm seine Jacke und seinen Hut vom Ständer an der Tür und trabte los.

»Dürfte ich vielleicht mitkommen?« fragte Carmen.

Walts, die Jacke erst halb übergezogen, blieb wie angewurzelt stehen.

»Gar keine schlechte Idee«, sagte ich. »Vielleicht erfahren Sie von Melinda Wilcox eher Dinge, die sie mir oder Walts nie erzählen würde. Fahren Sie ruhig mit. Das heißt, wenn Deputy Walts nichts dagegen hat –«

Deputy Walts hatte keineswegs etwas dagegen.

Früh am nächsten Morgen kam Carmen wieder in mein Büro, übrigens ohne anzuklopfen. Anklopfen wäre ihr auch schwergefallen, denn sie hatte beide Hände voller Papiere.

Ich bemühte mich hastig, in die Gänge zu kommen. Was für einen Eindruck mußte ich machen! Überall in ganz Constantine County liefen Verbrecher frei herum, und hier saß der Sheriff, die Füße auf dem Schreibtisch, den Sportteil der Zeitung vor sich und den Mund voll Berliner Pfannkuchen mit Zuckerguß als zweites Frühstück.

»Haben Sie vielleicht eine Minute Zeit für mich?« fragte sie. »Ich habe nämlich das ganze Zeug, das Sie wollten.«

»Sicher, kommen Sie rein«, sagte ich und wischte mir die Zuckerkrümel vom Kinn.

Sie sah sich auf meinem vollgepackten Schreibtisch nach einer freien Ecke um und knallte die Papiere schließlich einfach oben auf den Berg drauf, bevor sie auf den Boden rutschen konnten. »Ich habe die halbe Nacht im Archiv der *Gazette* gehockt und die ganzen alten Zeitschriften durchgewühlt«, sagte sie.

»Wenn Sie so weitermachen, müssen wir Sie doch noch auf die Gehaltsliste setzen.«

Das alles war mir ziemlich peinlich. Carmen hatte sich bedeutend mehr Arbeit gemacht, als ich erwartet hatte.

Sie fing an, die Papiere zu ordnen und hier und da ein Blatt zur Seite zu legen. »Fangen Sie doch damit schon mal an, während ich den Rest in Ordnung bringe«, schlug sie vor. »Übrigens hatte ich alles schön der Reihe nach sortiert, aber dann ist mir auf dem Weg hierher der Wind dazwischengekommen.«

Ich nahm mir die Blätter vor, die sie zur Seite gelegt hatte. Es waren etwa ein Dutzend Artikel aus alten Ausgaben der *Gazette,* die sie offensichtlich im Verlauf ihrer mühsamen Suche in den Mikrofilmarchiven fotokopiert hatte. Umsichtigerweise hatte sie die relevanten Beiträge auf jedem Blatt mit Rot eingerahmt und das Datum der Veröffentlichung am Rand vermerkt.

Die oberste Kopie war vom 23. August 1936 datiert. Damals hatte ein Banküberfall hier in Mecklin für Schlagzeilen gesorgt.

Drei bislang noch unbekannte Männer, hieß es in dem betreffenden Artikel, waren nach dem Überfall mit einer Beute in Höhe von achtzehntausend Dollar entkommen. Sie ließen einen toten Kassierer und einen schwerverwundeten Bankwächter hinter sich zurück. Einer der Bankräuber war angeschossen worden, aber alle drei hatten in einem schwarzen Buick entkommen können. Man vermutete, daß es sich bei ihnen um dieselben Männer handelte, die im Verlauf der letzten Monate etwa ein Dutzend anderer Banküberfälle vom nördlichen Indiana bis zum südlichen Iowa verübt hatten. Falls diese Vermutung stimmte, hatten die Männer inzwischen eine Beute im Gesamtwert von fünfundachtzigtausend Dollar gemacht.

Fünfundachtzigtausend Dollar! Selbst heutzutage war das ein hübsches Sümmchen. 1936 war es ein unvorstellbares Vermögen gewesen.

Der zweite Artikel war zwei Tage später erschienen. Alle Straßen, die aus Constantine County hinausführten, waren kurz nach dem Überfall gesperrt worden. Dank der Schnelligkeit, mit der die Straßensperren errichtet werden konnten, denn alle Streifenwagen waren vor kurzem mit Funk ausgerüstet worden, hielt man es für nicht sehr wahrscheinlich, daß es der Verbrecherbande gelungen war, das County zu verlassen. Man vermutete, daß die drei Männer sich immer noch irgendwo in der Nähe versteckt hielten. Der Artikel endete mit einer Warnung an alle Bürger von Constantine County – vor allem an die, die auf abgelegenen Farmen lebten – vor Fremden auf der Hut zu sein, auf die die eher mageren Beschreibungen paßten, die Augenzeugen hatten liefern können. Vor allem Landärzte wurden dazu angehalten, bei Notrufen besondere Vorsicht walten zu lassen.

Ich überflog die anderen Kopien. Ein Bericht über die Beerdigung des Bankkassierers. Der ungenannte Wärter der Bank würde zwar am Leben bleiben, eventuell aber nicht mehr laufen können. Der FBI hatte sich eingeschaltet, bisher aber nichts weiter erreicht, als die Polizei und die Presse mit ihrer »herablassenden Arroganz« gegen sich aufzubringen.

Tage vergingen ohne neue Entwicklungen, die Artikel wurden immer kürzer und erschienen auf immer weiter hinten liegenden Seiten. Gegen Ende der zweiten ereignislosen Woche wurden schließlich Spekulationen laut, daß es den Verbrechern doch irgendwie gelungen sein mußte, der Polizei und dem FBI zu entwischen. »Aller Wahrscheinlichkeit nach«, hieß es in dem Artikel, »sind die Männer inzwischen weit weg von Constantine County, zünden sich ihre Zigarren mit Zehndollarscheinen an und halten sich den Bauch vor Lachen, wenn sie an J. Edgar Hoover denken.«

Aber schon zwei Tage später widersprachen die Ereignisse dieser Vermutung. Die Story nahm erneut die Titelseite ein.

Die drei Flüchtlinge hatten versucht, eine Straßensperre zu durchbrechen, die die Polizei an der Grenze von Constantine County errichtet hatte. Unglücklicherweise hatten sie sich aber unwissentlich ausgerechnet eine Straßensperre ausgesucht, die von Männern des FBI verstärkt wurde.

Als der Fahrer des Fluchtwagens das merkte, hatte er im letzten Augenblick, versucht, den Wagen bei Höchstgeschwindigkeit herumzureißen, aber das Manöver mißlang. Der große Buick überschlug sich und blieb auf einem Feld neben der Straße liegen. Unverzüglich wurde er zum Ziel eines wahren Kugelhagels aus Polizeiflinten und Maschinenpistolen. Trotzdem gelang es den drei Männern, sich einen Augenblick bevor das Auto in einem Feuerball explodierte, in die Deckung eines Entwässerungsgrabens zu retten.

Im folgenden Schußwechsel kam einer der Bankräuber ums Leben, bevor die beiden anderen die Hoffnungslosigkeit ihrer Lage einsahen und sich ergaben. Der Tote – ein gewisser Angelo Scarlotti – wurde später als der Mann identifiziert, der die beiden Bankangestellten so skrupellos niedergeschossen hatte. In der typischen Zeitungsprosa der dreißiger Jahre wurde er als »ein kleiner Chikagoer Gangster mit juckendem Abzugsfinger und großartigen Ideen im Kopf« beschrieben.

Einer der überlebenden Bankräuber, ein gewisser Patrick Kelly, der während des Überfalls ebenfalls angeschossen worden war, wurde als »extrem gutaussehender, dunkelhaariger, interessant wirkender junger Mann mit einnehmendem Wesen, großer Redegewandtheit und dem Benehmen eines echten Gentleman« bezeichnet. Kelly war, wie sich herausstellte, der Kopf der Bande gewesen, der die Serie von Überfällen geplant und organisiert hatte. Der andere –

»Benjamin Simms!«

»Dachte ich mir doch, daß Ihnen das gefallen würde«, sagte Carmen.

Es gab ein unscharfes Foto der beiden, wie sie in Handschellen abgeführt wurden, flankiert von FBI-Agenten, die aussahen, als hätten sie sich für irgendeinen Fernsehfilm so ausstaffiert.

Achtundvierzig Jahre verändern das Aussehen eines Mannes schon ganz gewaltig, aber das Gesicht des Mannes links war trotzdem unverkennbar.

Es war das des alten Mannes, den wir ermordet auf dem Willow Creek Friedhof gefunden hatten.

Der zweite Stapel von Fotokopien beschäftigte sich mit der Gerichtsverhandlung gegen die beiden Bankräuber. Die Polizei fand nie heraus, wo die drei sich in der Zeit zwischen dem Überfall und ihrem Zusammenstoß mit der Polizei versteckt gehalten hatten. Und die fünfundachtzigtausend Dollar – ein Koffer voll mit Papier, der zwei Männer das Leben gekostet hatte – waren in Flammen aufgegangen und im Kofferraum des schwarzen Buick zu einem Häufchen Asche verbrannt.

Beide der überlebenden Bankräuber waren zu dreißig Jahren in Leavenworth verurteilt worden und hatten sich wahrscheinlich glücklich geschätzt, daß sie dem elektrischen Stuhl entgangen waren. Das Urteil war ohne die Zeugenaussage des verwundeten Bankwärters ergangen, der offensichtlich immer noch in relativ schlechter Verfassung war und sich aus Angst vor späteren Repressalien geweigert hatte, für die Anklage aufzutreten.

»Das war's«, sagte Carmen. »Bis auf die hier.« Und sie schob den letzten Stapel über meinen Schreibtisch.

Als erstes kam ein Artikel, den die *Gazette* nach einer Funkmeldung veröffentlicht hatte, datiert vom 31. Oktober 1939. Zwei berüchtigte Bankräuber – Patrick Kelly und Benjamin Simms – waren vor drei Tagen aus dem Bundesgefängnis in Fort Leavenworth ausgebrochen und immer noch auf freiem Fuß. In einem Nebensatz wurde erwähnt, daß die beiden ursprünglich in der Nähe von Mecklin, Missouri, gefaßt worden waren, nach einem Überfall auf die dortige Bank, bei dem ein Bankangestellter ums Leben kam. Die beiden waren bewaffnet und galten als hochgradig gefährlich.

Die nächste Kopie war wieder einmal eine Schlagzeilenstory der Gazette vom 16. November 1939. Auf den ersten Blick schien sie nichts mit den anderen Artikeln in unserer kleinen Sammlung zu tun zu haben, aber ich hegte so langsam die Vermutung, daß doch eine Verbindung bestand.

Es ging um eines der größten Eisenbahnunglücke in der Geschichte von Constantine County. In der Nacht des 15. November war ein Schnellzug mit einhundertdreiundfünfzig Passagieren frontal mit einem Güterzug zusammengestoßen, der sich durch die verschneiten Felder in Richtung St. Louis bewegte. Die beiden Schienenstränge liefen parallel zueinander. Dann kam eine Kurve. Wie man vermutete, hatten die beiden Zugführer jeweils angenommen, daß die auf ihn zurasenden Scheinwerfer des anderen Zuges im nächsten Augenblick zur Seite ausweichen würden – ein Irrtum, der über einhundert Menschen das Leben kostete.

Was in den Tagen nach dem Unglück geschrieben wurde, stellte tatsächlich eine traurige Bilanz dar. Einige der Leichen hatten nicht identifiziert werden können, bei einem Teil der identifizierten Opfer waren keine Angehörigen zu finden, und andere wiederum, von denen man wußte, daß sie sich im Zug befunden hatten, blieben verschwunden. Von den fünfzig Personen, die den Zusammenstoß wie durch ein Wunder überlebt hatten, würden mehrere noch vor Ablauf der Woche ihren schweren Verletzungen erliegen.

Es gab ein halbes Dutzend Artikel, die sich mit dem Nachspiel der Katastrophe beschäftigten, aber keiner davon enthielt Informationen, die mir bei meinem derzeitigen Problem helfen konnten.

Der letzte Text, den Carmen ausgegraben hatte, war ebenfalls wieder hochinteressant. Er war vom 21. November 1939 datiert und berichtete von der erneuten Verhaftung von Benjamin Simms.

Seine zweite Begegnung mit der Polizei verlief weit weniger spektakulär als die erste. Er wurde von einem ortsansässigen Farmer in einer Scheune gefunden, halb erfroren und halb verhungert und offensichtlich mehr tot als lebendig. Niemand wußte, was mit ihm geschehen war, aber anscheinend war er brutal zusammengeschlagen worden. Er war nicht gehfähig und wurde statt ins Gefängnis erst einmal ins Krankenhaus gebracht.

So langsam fingen die Puzzlestücke an, einen Sinn zu ergeben. Wenigstens ein paar von ihnen.

»Die Daten auf den Grabsteinen haben Sie auf die Spur gebracht, nicht wahr?« fragte Carmen.

Ich nickte. »Und meine Erinnerung daran, daß das Zugunglück sich in jenem Jahr ereignete.«

»Welche Schlußfolgerungen ziehen Sie daraus?«

Ich lehnte mich zurück. »Jemand hat angefangen, in Constantine County Gräber auszugraben, und zwar ausschließlich Gräber von Männern, die im November 1939 gestorben sind. Es ist also klar, daß jemand etwas Bestimmtes sucht, das all diese Mühe wert ist. Richtig?«

»Richtig.«

»Ebenso klar ist, daß der Jemand nicht weiß, welcher Name auf dem Grab steht, das er sucht, wohl aber den ungefähren Zeitpunkt und Ort kennt. Ein Zugunglück, bei dem die Opfer noch tagelang sterben, würde all diese Voraussetzungen erfüllen.«

»Aber alle geöffneten Gräber gehörten Männern, deren Namen bekannt waren. Ihre Namen stehen auf den Grabsteinen. Und einige von ihnen hatten wahrscheinlich nicht einmal etwas mit dem Zugunglück zu tun.«

»Aber angenommen, eines der Opfer wurde nach dem Zugunglück verwechselt? Denken Sie nur an die Taschenuhr. Denken Sie daran, daß Melinda Wilcox gesagt hat, ihr Vater sei in Indiana begraben. Denken Sie an die verschwundenen fünfundachtzigtausend Dollar, und daran, wo Simms und Kelly sich in den zwei Wochen vor ihrer Festnahme versteckt haben könnten.«

Carmen beugte sich vor. »Ich dachte, das Geld wäre im Auto verbrannt.«

»Konnte das jemand beweisen?«

Plötzlich blitzte es in ihren Augen auf. »Sie hatten sich im Wilcox-Haus versteckt!«

»Genau. Und während seines Aufenthalts dort kam Kelly irgendwie in den Besitz der Taschenuhr. Er behielt sie und hatte sie auch in der Nacht des Zugunglücks bei sich. Als niemand Anspruch auf seine

Leiche erhob, wurde er drüben auf dem Willow Creek Friedhof begraben. Und zwar unter dem Namen und dem Geburtsdatum, das man auf der Taschenuhr fand.«

»Deshalb also hielt sich Benjamin Simms in der Scheune versteckt. Er wurde bei dem Zugunglück verletzt, schleppte sich bis dorthin, kam dann aber nicht mehr weiter.«

Ich nickte.

»Und was ist mit dem echten Clyde Wilcox?« fragte Carmen.

Ich zog meine Schreibtischschublade auf und entnahm ihr eine Kopie der Todesurkunde, die ich vor etwa einer Stunde aufgetrieben hatte. »Der echte Clyde Wilcox starb 1933. Wie Melinda sagte, wurde seine Leiche nach Indiana überführt und dort beerdigt.«

Carmen sah mich verwirrt an. »Aber das Geld kann doch unmöglich im Grab gewesen sein.«

»Das war es auch nicht«, sagte ich. »Ich denke, daß es irgendwo im Wilcox-Haus versteckt ist. Die Grabräuber waren hinter der Uhr her. Nach vierzig Jahren konnte Simms sich einfach nicht mehr daran erinnern, wo er und Kelly und Scarlotti nach dem Überfall untergetaucht waren. Vielleicht erinnerte er sich noch an den Namen des Orts, aber nicht mehr daran, wo das Haus gestanden hatte. Und auch nicht daran, wie die Leute da geheißen hatten. Jedenfalls stand der Name auf der Uhr. Und er hatte eine ziemlich genaue Vorstellung davon, wo die Uhr sein könnte.«

Carmen runzelte nachdenklich die Stirn. »Melinda Wilcox weiß also eine Menge mehr als sie sagt.«

»Sagen wir lieber, daß sie eine Menge wußte, was sie der Polizei vor achtundvierzig Jahren nicht gesagt hat. Ich glaube nicht, daß sie auch nur eine Ahnung hat, daß es eine Verbindung zwischen den Ereignissen von damals und von heute gibt.«

»Bleibt aber immer noch eine große, unbeantwortete Frage«, sagte Carmen. »Wer hat Simms umgebracht?«

Ich breitete beide Arme aus. »Walts steht seit ein paar Nächten vor Melinda Wilcox' Haus, für den Fall, daß jemand beschließt, ihr noch einen Besuch abzustatten. Er sitzt da für alle sichtbar und paßt auf. Aber vielleicht ist es langsam Zeit, so zu tun, als hätten wir die Nase voll davon. Mal sehen, wer dann bei Melinda vorbeischaut.

»Was meinen Sie, wer er ist? Jemand von hier?«

»Möglich ist alles«, sagte ich. »Aber ich denke eher, daß es jemand ist, den Simms schon kannte, bevor er hierher kam. Vielleicht jemand aus dem Gefängnis.«

»Gibt es eine Möglichkeit, das nachzuprüfen?«
»Eventuell. Heute nachmittag fahre ich nach Kuypersville, um mit einem ehemaligen Zellengenossen von Simms zu sprechen.« Ich lächelte. »Aber natürlich heißt das noch lange nicht, daß er auch mit mir sprechen wird.«

Ich stellte das Auto vor der Gefängnismauer im Schatten eines Wachturms ab und begab mich in das Büro des Direktors. Fünfzehn Minuten später saß ich im Besucherzimmer einem Mann namens Bobby Jakes gegenüber.

Jakes schien etwa Mitte Fünfzig zu sein und hatte kurzgeschnittenes Haar und wache, blaue Augen. Vor Simms' Entlassung hatte er sich drei Jahre lang eine Zelle mit ihm geteilt.

»Sie sind also Bigelow«, sagte er, machte einen tiefen Zug an einer Camel ohne Filter und spuckte einen Tabakkrümel fort, der an seiner Lippe klebte.

Ich nickte.

Jakes lächelte trocken. »Sie haben hier drin ein paar Freunde.«

»Komisch, daß sie nie dran denken, mir mal eine Karte zu schreiben.«

Jakes spielte mit seiner Zigarette. Seine Finger waren braun von Nikotin. »Wir haben das von Benny gehört.«

»Neuigkeiten sprechen sich schnell herum.«

Jakes sah mich offen an. »Ich habe den alten Benny gern gehabt, Sheriff. Eine ganze Menge anderer hier übrigens auch. Was wollen Sie wissen?«

»Ich will wissen, von wem er umgebracht worden ist.«

»Wenn das alles ist. Von einem Kerl namens Bill Salyers.«

Ich hatte keine Hilfe erwartet, schon gar nicht eine so direkte Antwort. »Wer ist Bill Salyers? Und wieso glauben Sie, daß er Benny umgebracht hat?«

»Salyers war lange hier, sehr lange. Ein Verrückter. Es heißt, daß er fast ein paar Kinder umgebracht hätte. Er hat versucht, sie mit Benzin zu überschütten und anzuzünden.«

»Heiland.«

»Wie ist er wieder rausgekommen?«

Jakes zuckte die Schultern. »Er hat seine Zeit abgesessen.«

»Welche Beziehung hatte Salyers zu Benjamin Simms?« fragte ich.

»Benny war der einzige hier, der etwas mit ihm zu tun haben wollte. So war Benny nun mal – zu allen freundlich. Und Salyers hat sich an

ihn gehängt wie ein Blutegel.«
»Warum meinen Sie dann, daß er ihn umgebracht hat?« fragte ich.
»Wegen dem Geld«, antwortete Jakes. »Benny erzählte immer diese haarsträubende Geschichte von achtzig Riesen, die er und noch ein paar Typen angeblich in den Dreißigern irgendwo versteckt hatten. Er und sein Partner wollten eigentlich zurück, um sich das Geld zu holen, aber dann passierte etwas. Sein Partner kam um, und Benny kam wieder ins Kittchen.«
»Sie haben ihm nicht geglaubt?«
»Natürlich nicht. Solche Geschichten erzählt doch jeder.« Jakes drückte seine Zigarette aus. »Aber Salyers hat ihm geglaubt. Er hat immer und immer wieder danach gefragt. Und Benny wurde nie müde, die Geschichte immer wieder zu erzählen.«
»Glauben Sie, daß die beiden sich getroffen haben könnten, nachdem Simms entlassen wurde?«
Jakes nickte. »Ich bin fest davon überzeugt. Finden Sie Salyers, dann haben Sie Ihren Mörder.«
Er lächelte.
»Wenn Sie ihn nicht finden, werden bald noch mehr Leichen bei Ihnen herumliegen.«

Walts und ich saßen in einem neutralen Auto einen Block vom Haus von Melinda Wilcox entfernt.
»So also war das«, schloß ich die Geschichte.
Walts drehte die Uhr in seinen riesigen Händen und hielt sie näher ans schwache Licht einer Straßenlampe, um die Inschrift besser lesen zu können. »Glauben Sie, daß er heute nacht kommt?«
»Ich bin mir ziemlich sicher«, sagte ich. Ich überprüfte meine .38er und hoffte, daß ich keine Gelegenheit haben würde, sie benutzen zu müssen. »Ich habe mir vom Gefängnisdirektor die Akten des Mannes geben lassen, und sie enthalten so ziemlich alles, was Jakes mir gesagt hat. Der Mann ist psychisch labil, hochgradig neurotisch und hat laut Meinung des Psychiaters, der ihn untersucht hat, deutliche Mordgelüste.«
»Es gefällt mir nicht, daß Carmen im Haus ist«, sagte Walts.
»Mir auch nicht.« Ich steckte meine Pistole ins Halfter zurück. »Aber sie wollte Melinda nun einmal nicht ganz allein lassen. Verdammt, ich konnte sie ja schließlich nicht mit Gewalt aus dem Haus jagen. Sie ist wirklich eine störrische junge Dame, wenn sie sich einmal was in den Kopf gesetzt hat.«

Walts dachte darüber nach. In welchem Zusammenhang konnte ich natürlich nicht sagen.

»Ich glaube nicht, daß sie wirklich in Gefahr ist«, sagte ich. »Das, was Salyers sucht, soll ja schließlich im Keller des Hauses sein.«

»Stimmt.« Walts gab mir die Uhr zurück. »Wie sieht unser Plan aus?« fragte er dann.

»Ich glaube, am besten versuchen wir, ihn zu überraschen. Ihn zu schnappen, bevor er auch nur Zeit hat zu denken oder zu reagieren.«

»Und wie wollen wir das anstellen?«

»Ich warte draußen im Gebüsch«, sagte ich. »Du wartest im Keller, die Hand auf dem Lichtschalter. Wir lassen ihn das Vorhängeschloß knacken und reingehen. Ich folge ihm. Wenn er durch die Tür kommt, schaltest du das Licht ein. Falls er eine Waffe haben sollte, hat er sie wahrscheinlich nicht gezogen. Und wo wir beide ihn in der Zange haben werden, wird er es gar nicht erst versuchen.«

»Hört sich an, als müßte es funktionieren«, sagte Walts. »Bloß daß ich keine große Lust habe, mich in einen dunklen Keller einsperren zu lassen. Warum muß denn ausgerechnet ich im Keller warten?«

»Weil ich der Sheriff bin, und du nur der Deputy«, sagte ich. »Aber mach dir keine Sorgen. Es kann ja höchstens ein paar Stunden dauern.«

»Ein paar *Stunden!*« Walts war sichtlich nicht sehr beglückt über diese Aussicht. »Was soll ich denn die ganze Zeit da unten machen?«

»Warten und aufpassen.«

»Wunderbar.«

Wir stiegen, jeder mit seinem Walkie-Talkie, aus dem Auto.

»Stöpsel die Kopfhörer in dein Gerät«, sagte ich. »Wir wollen schließlich nicht, daß das Ding uns mit seinem Gequäke verrät.«

»Okay.«

Wir gingen zur Haustür und klingelten. Carmen Willowby machte uns auf, ohne das Licht auf der Veranda einzuschalten. »Irgend etwas Ungewöhnliches zu sehen?« fragte sie.

»Noch nicht. Haben Sie den Schlüssel?«

Sie gab ihn mir.

»Wie verkraftet Melinda das Ganze?« fragte ich.

»Sie fragt dauernd, wieso Sie so sicher sind, daß der Streuner von neulich zurückkommt. Wann werden Sie es ihr erklären?«

»Sobald wir Bill Salyers am Kragen haben. Schließen Sie die Tür wieder ab. Wir sagen Ihnen Bescheid, wenn alles vorbei ist.«

Die Tür wurde geschlossen und der Riegel vorgelegt.

»Okay, Walts«, sagte ich. »Zeit für einen Besuch bei den Ratten.«
»Bei den *Ratten?*«
»Bestimmt sind es nur ganz kleine.«

Wir gingen zum hinteren Teil des Hauses, und ich schloß die Kellertür auf. Walts mußte sich bücken, um sich nicht den Kopf anzustoßen.

Ich ließ meine Taschenlampe durch den dunklen Kellerraum wandern, dessen Mitte von einer mächtigen Ölheizung eingenommen wurde. An den Wänden entlang waren alte Zeitungen und Zeitschriften aufgestapelt, und es gab Regale voll mit Einmachgläsern und Blumentöpfen und all dem anderen Krempel, der sich in jedem unbenutzten Keller so ansammelt.

Ich zog an einer Schnur, die von der Decke herabhing, und der modrige Keller wurde in das schwache Licht einer Vierzig-Watt-Glühbirne getaucht.

»Du mußt das Licht gleich wieder ausmachen«, sagte ich zu Walts.

Er untersuchte die dunklen Ecken mit Hilfe seiner Taschenlampe und bewaffnete sich zur Sicherheit mit einem alten Besen.

Ich fand ein Stück Schnur und band das Ende an den Zugschalter der Lampe. Dadurch konnte Deputy Walts es sich auf einem Stapel von Life-Magazinen bequem machen, die an der hinteren Wand lagen, und das Licht anknipsen, ohne sich bewegen zu müssen.

»Na siehst du?« sagte ich. »Hast du es jetzt nicht gemütlich?«

Wenn Blicke töten könnten, hätten die Einwohner von Constantine County sich jetzt einen neuen Sheriff suchen müssen.

Ich verließ den Keller, schloß das Vorhängeschloß wieder ab und zog einen zusammenklappbaren Gartenstuhl ins Gebüsch. Dann setzte ich mich, um zu warten.

Draußen waren es höchstens plus fünf Grad, und außerdem war es feucht. Ich stellte den Kragen meines Mantels hoch. Es würde eine lange Nacht werden.

»Sheriff Bigelow?« kam Walts Stimme ganz leise durch den Ohrhörer. »Sheriff Bigelow?«

Ich löste das Walkie-Talkie von meinem Gürtel und hielt es dicht vor meinen Mund. »Ja? Was ist denn?«

»Wie lange warten wir schon?«

Ich warf einen Blick auf das Leuchtzifferblatt meiner Uhr. »Fünfzehn Minuten.«

»Fünfzehn *Minuten?*« Pause. »Heiland – mir kommt es wie ein paar Stunden vor.«

»Sei ruhig und sperr die Ohren auf.«

So langsam wurde mir verflixt kalt. Meine Knie schlugen gegeneinander. Ich stand auf, tief in die Schatten gedrückt, und trat vorsichtig von einem Fuß auf den anderen, um meinen Blutkreislauf wieder auf Trab zu bringen. Wenigstens hatte Walts es warm. Wenn ich doch nur daran gedacht hätte, mir eine Thermosflasche Kaffee mitzubringen.

Ich sah noch einmal auf meine Uhr und stellte fest, daß immerhin schon eine ganze Stunde vergangen war. Im Haus gingen die Lichter im Erdgeschoß aus. Wenig später wurde auch oben alles dunkel. Carmen sorgte dafür, daß alles so normal wie möglich wirkte.

Ich setzte mich wieder.

Zwei Stunden. Der Mond ging auf und tauchte den Hof hinter dem Haus in ein geisterhaftes Licht. Meine Schuhe waren naß von kaltem Tau, und meine Knie hatten einen ganz eigenen Willen entwickelt. Das Walkie-Talkie war seit Walts' letztem Ruf ganz still, bis auf eine gelegentliche Polizeifunkmeldung von außerhalb von Constantine County.

Ich vermutete, daß Walts in seiner Kellerecke eingedöst war.

Plötzlich hörte ich eine vertraute Stimme. »Mecklin für Sheriff Bigelow. Over.« Es war Bernice, die Nachtdienst in der Funkzentrale hatte. »Hier ist Mecklin. Hören Sie mich, Sheriff? Over.«

Ich hielt das Walkie-Talkie an meine Lippen, ohne mir viel von dem Funkruf zu erwarten. Das Signal unserer Zentrale in Mecklin war ziemlich schwach, und mein eigenes Gerät funkte nur mit mickrigen fünf Watt.

»Hier Sheriff Bigelow. Over.«

»Sind Sie das, Sheriff? Ich kann Sie kaum hören.«

»Hier Bigelow. Ich verstehe Sie auch kaum. Over.«

Ich schaltete das Walkie-Talkie auf volle Lautstärke.

»WAS IST LOS, SHERIFF?«

Es war Walts in seinem Keller kaum zwanzig Meter entfernt, der mir fast das Trommelfell zerrissen hatte.

»Sei ruhig, Walts«, flüsterte ich zornig. »Ich rede mit Bernice.«

»TUT MIR LEID!«

Bernices Stimme schwoll an und ab, unterbrochen von atmosphärischen Störungen. »Sheriff? Ich empfange Sie kaum. Falls Sie mich hören können, will ich Ihnen eine dringende Meldung durchgeben. Vorhin wurde ein Mann ins Krankenhaus eingeliefert. Er war schon tot, als er ankam. Doc McIlroy läßt Ihnen ausrichten, daß es wie Mord aussieht. Er sagt –« Ein Knacken und Knistern unterbrach die

Durchsage. Dann: » – vor drei bis vier Stunden eingetreten. Er wurde in einem Hotelzimmer gefunden. Der Führerschein des Mannes lautet auf den Namen –« Bernices Stimme war nun gar nicht mehr zu hören.

»Wiederholen Sie bitte.«

»Doc sagt, die Leiche wurde als Bill Salyers identifiziert.«

Verdammt noch mal. Walts und ich lauerten einem Toten auf.

»Vielen Dank, Bernice«, sagte ich.

Walts, dessen Funkgerät sich unter der Erde befand, hatte höchstens meinen Teil der Unterhaltung mitbekommen. Ich drehte die Lautstärke leiser und war tatsächlich einen winzigen Augenblick schneller als er.

»Was ist los, Sheriff?«

»Ich habe gerade mit Bernice gesprochen. Wie es aussieht, hat Bill Salyers sich irgendwann heute ermorden lassen.«

Irgendwo in der Dunkelheit war ein kurzes metallisches Knacken zu hören.

»Worauf warten wir dann noch?« fragte Walts.

»Still«, flüsterte ich. »Ich glaube, ich habe etwas gehört.«

Einen Augenblick lang lauschte ich mit gespitzten Ohren. Im Haus und Hof war alles totenstill, bis auf das Rascheln der trockenen Blätter im Wind. Und dann, gerade als ich zu dem Schluß kam, daß alles in schönster Ordnung war, hörte ich das unverkennbare Klirren von Glas.

Es schien von der Vorderseite des Hauses zu kommen.

Ich merkte, daß meine Hand auf dem Kolben der .38er lag, und daß ich unbewußt meinen Halfter aufgehakt hatte. Ich hängte das Walkie-Talkie an meinen Gürtel, behielt den Kopfhörer aber auf, und nahm die Taschenlampe in die linke Hand.

Dann lief ich an der Seite des Hauses entlang zur Ecke und lauschte noch einmal. Neben meinem Ellbogen hing schlaff das durchschnittene Telefonkabel von der Wand und bewegte sich leise im Wind. Ich drückte mich mit dem Rücken gegen die Wand und machte meine Waffe klar.

Es war nicht das geringste zu hören.

Ich duckte mich und spähte vorsichtig um die Ecke. Die Veranda lag im hellen Mondlicht. Es war niemand zu sehen.

Ich schlich um die Ecke und die Verandastufen hinauf.

Als ich meine Taschenlampe einschaltete, sah ich, daß jemand Klebeband über eine Scheibe der Haustür geklebt und sie dann sauber herausgestoßen hatte.

In meinem Ohr fragte eine leise Stimme: »Sheriff Bigelow?« Es war Walts. »Sheriff Bigelow? Ich glaube, ich höre jemand im Erdgeschoß herumgehen.«

Verdammt noch mal. Ich schaltete das Walkie-Talkie aus, drückte die Haustür auf und ging hinein.

Im Grunde genommen gibt es in der Polizeiarbeit keine »kontrollierbare Lage«.

Ich durchquerte die dunkle Eingangshalle und das ebenfalls dunkle Empfangszimmer und blieb am Fuß der Treppe stehen. Von oben waren gedämpfte Stimmen zu hören. Eine davon gehörte Carmen Willowby. Ich konnte die Worte zwar nicht verstehen, war mir aber sicher, daß ein Unterton von Angst in ihrer Stimme mitschwang.

Oben wurde eine Tür geöffnet. Licht fiel aus dem Zimmer dahinter und warf die verlängerten Schatten zweier Menschen auf den Boden vor mir. Ich zog mich in den Schatten zurück. Die oberste Treppenstufe quietschte.

Sie erreichten den Fuß der Treppe. Carmen kam zuerst. Einen kurzen Augenblick lang fiel das Mondlicht, das durch die Spitzenvorhänge der Fenster sickerte, auf ihr Gesicht. Dicht hinter ihr war eine zweite Gestalt. Sie zerrte Carmens Kopf an den blonden Haaren grob nach hinten.

An ihrem Hals blitzte es metallisch auf.

Die Klinge eines Messers.

»Der Schlüssel«, rasselte eine Stimme, und der Mann riß Carmens Kopf noch weiter zurück.

Eine vage Erkenntnis durchzuckte mich. Die Stimme kannte ich doch!

»Er ist in der Küche.«

Die Hand mit dem Messer senkte sich, und die Gestalt schubste Carmen in Richtung Küche. Sie stolperte und fiel auf die Knie.

Das war der Augenblick. Ich trat einen Schritt vor, packte den Kolben meiner Waffe fester und ließ ihn auf den Schädel des Mannes hinuntersausen.

Er kippte um wie ein Sack Kartoffeln, wobei er das Telefon und sein Tischchen mit sich riß.

Ich tastete an der Wand nach dem Lichtschalter. »Sind Sie in Ordnung?« fragte ich Carmen.

Sie nickte mit totenblassem Gesicht. Es war klar, daß sie absolut nicht in Ordnung war, aber sie wollte es sich nicht anmerken lassen.

»Was ist mit Melinda?«

»Sie ist in Ordnung. Sie versteckt sich oben in einem Wandschrank.«

In diesem Augenblick krachte es dreimal, jedesmal lauter als das vorherige Mal, gefolgt von einem vierten Peng, das vom Klirren von Glas und vom Splittern von Holz begleitet wurde.

Ich hatte Walts, der im Keller eingeschlossen war, völlig vergessen gehabt. Das Ergebnis war eine ausgerenkte Schulter und ein Sachschaden in Höhe von dreihundert Dollar an Melinda Wilcox' Haus.

Walts kam mit gezogener Waffe durch die Haustür gestürzt.

»Du bist spät dran«, kommentierte ich.

Walts steckte seine Waffe ein und summte wie ein Bienchen zu Carmen Willowby.

Die zusammengesunkene Gestalt in der Ecke stöhnte leise auf. Ich ging zu ihr, hob das Messer auf, zog dem Mann die Arme auf den Rücken und legte ihm Handschellen an.

»He!« sagte Walts. »Das ist ja George Mackey!«

»Genau.« Ich rollte George auf den Rücken. Seine Augenlider flatterten jetzt. »Ich hätte es mir schon längst denken können«, sagte ich und zog ein langes Gesicht. »Und jetzt darf ich gar nicht daran denken, wie oft Luther Kroger mir das aufs Butterbrot schmieren wird.«

»Ich verstehe das alles nicht«, sagte Walts. »Woher wußte George denn von dem Geld?«

»Ganz einfach, Benjamin Simms hat es ihm gesagt. Wahrscheinlich hat Mackey ihn und Salyers bei ihrem ersten Grabungsversuch auf dem Eichenhainfriedhof überrascht und versprochen, ihnen zu helfen, wenn sie ihn dafür an der Beute beteiligen.«

»Und warum hat er sie umgebracht?«

»Salyers aus reiner Geldgier, und Simms aus Rache.«

»Rache? Für was denn?«

»Ich glaube, wir werden feststellen, daß unser guter George der Bankwärter war, den Scarlotti bei dem Überfall 1936 angeschossen hat. Daher hat George sein steifes Bein. Und deshalb war er der Meinung, daß das Geld im Grunde genommen eigentlich ihm gehört. Er hat uns neulich nachts nur deshalb nach Willow Creek gerufen, um jeden möglichen Verdacht von sich abzulenken. Und ich wette, wenn wir die Reifenspuren, die wir dort gefunden haben, mit den Reifen von Georges Transporter vergleichen, finden wir eine hundertprozentige Übereinstimmung.«

Am nächsten Nachmittag saß George Mackey längst in einer Zelle im Bezirksgefängnis. Luther Kroger bereitete die Anklage vor, das heißt, er würde sie vorbereiten, sobald er damit fertig war, überall herumzulaufen und zu erzählen, wie er den Mord von Willow Creek gelöst hatte. Walts, Carmen Willowby und ich waren bei Melinda Wilcox, saßen in ihrer Küche, tranken Tee und bastelten den Rest der Geschichte zusammen.

»Aber warum sind Sie nie zur Polizei gegangen?« fragte Carmen.

»Wahrscheinlich hätte ich das tun müssen«, sagte Melinda. »Ich wußte ja, was sie getan hatten. Aber Mr. Kelly war so anders als die anderen beiden. Er war so freundlich. Ein richtiger Gentleman. Und er war so schwer verletzt. Erst dachten wir, daß er ganz bestimmt sterben würde. Und er wäre auch gestorben, wenn ich nicht gewesen wäre.«

»Sie waren in ihn verliebt«, sagte Carmen weich.

Melinda wandte den Blick von uns ab und sah durch das Küchenfenster hinaus auf die fernen Felder. Ein Augenblick verging. Dann nickte sie. »Ich war damals schon nicht mehr so sehr jung, Miss Willowby. Zu der Zeit, als ich eigentlich an Liebe hätte denken müssen – und an Heirat – war ich damit beschäftigt, meine kranke Mutter zu pflegen.« Sie lächelte traurig.

»Mr. Kelly war wie eine Frühlingsbrise, die plötzlich in ein Krankenzimmer weht. Er weckte in mir Gefühle, die ich nie zuvor gekannt hatte. Und als er versprach, er würde zurückkommen, habe ich keinen Augenblick an seinem Wort gezweifelt.«

Sie sah auf die Taschenuhr, die sie Patrick Kelly vor fast einem halben Jahrhundert geschenkt hatte, und legte sie dann auf den Tisch. »Und nun weiß ich, daß er tatsächlich zurückgekommen ist. Aber nicht meinetwegen.«

Ich stand auf. Walts tat es mir nach. »Wenn es Ihnen nichts ausmacht, müssen wir uns jetzt in Ihrem Keller umsehen.«

Melinda Wilcox nickte.

Walts und ich brauchten nicht lange, um es zu finden. In einer Wand des Kellers war ein Stein lose. In der Lücke dahinter lag eine verrostete Geldkassette.

Ich legte sie auf den Kellerboden und kratzte mit meinem Taschenmesser den Rost von den Scharnieren. Walts und ich tauschten einen Blick. Dann stemmte ich den Deckel auf.

Drinnen fanden wir nur noch einen vergammelten Haufen Konfetti. Ein Tummelplatz für Käfer und Mäuse.

»Legen wir die Kassette zurück«, sagte ich.

Walts stellte die Kassette in ihr Versteck zurück und schob den Stein an seinen ursprünglichen Platz.

Melinda Wilcox sah uns entgegen, als wir wieder in ihre Küche kamen.

Ich faßte einen Entschluß. Einen Entschluß, der mir leichtfiel.

Ich setzte mich an den Küchentisch und schüttelte den Kopf. »Nichts. Nicht das geringste. Zwei Männer sind nur für die Träume eines alten Häftlings gestorben.«

Melinda Wilcox schloß die Augen und nahm die alte Taschenuhr ganz vorsichtig in die Hand. Ihre Finger umschlossen sie fest.

Bevor wir die Küche verließen, sah ich noch einmal zu ihr zurück. Ihre Augen waren zwar feucht, aber sie lächelte.

Originaltitel: SHERIFF BIGELOW AND THE NICKEL-PLATED POCKET WATCH, Mitte 12/85
Übersetzt von Brigitte Walitzek

David Braly

Gebrauchsfähiger Hausrat zu verkaufen

»Funktioniert der?«
Horace drehte sich zu dem Mann um, der diese Frage gestellt hatte, und schaute ihn an. Der Mann war etwa vierzig, unrasiert, trug ausgewaschene Bluejeans und ein T-Shirt. Eine Zigarette baumelte von seinen Lippen.

Horace lächelte und ging zu ihm hinüber. Der Mann sah auf den Fernseher herunter, nach dem er sich erkundigt hatte, ein großes, tragbares RCA-Gerät mit 7-cm-Bildschirm.

»Ja, der funktioniert«, sagte Horace. »Großartiges Bild.«
»Ja?«
»Doch, doch. Wir hatten nie Ärger damit. Außer einmal, als eine Sicherung durchgebrannt war. Da mußte er für einen Tag in die Werkstatt. Wir haben den Apparat vor ein paar Jahren bei J & T Electronics gekauft, für hundertfünfzig Dollar, glaube ich. Er knistert ein bißchen, besonders spätabends, aber er funktioniert gut.«
»Er knistert?«
»Ja, so elektronisch, als stotterten die Röhren oder so was. Aber das hat er immer getan. Ich habe den Reparateur danach gefragt, als die Sicherung durchbrannte, und er sagte, manche Apparate knistern eben so.«

Der Mann im T-Shirt nickte und sah sich dabei weiter das Gerät an.
»Hundertfünfzig, eh?«
»Ja. Er war gebraucht, aber J & T hatte ihn generalüberholt. Großartiges Bild. Nie Ärger damit, bis auf dieses eine Mal.«
»Warum wollen Sie ihn dann loswerden?«
»Wir haben uns ein neues Gerät zugelegt, mit Farbe und größerem Bildschirm.«

Der Mann im T-Shirt ging um den Apparat herum und sah ihn sich von allen Seiten genau an. Er nahm die Zigarette aus dem Mund und hielt sie zwischen den Fingern seiner rechten Hand, während er beide Daumen in die Hosentaschen hakte.

»Was verlangen Sie dafür?« fragte er schließlich.
»Achtzig.«
»Ich biete Ihnen fünfzig.«
»Verkauft«, sagte Horace.

Sie gingen zum Tisch hinüber, warteten, bis Horaces Frau einen

Kunden abgefertigt hatte, und dann schrieb Horace eine Quittung aus, während der Mann im T-Shirt fünf Zehner hinblätterte.

Nach dieser Transaktion warf Horace einen Blick in die Runde. Etwa siebzig Leute drängten sich in seinem Vorgarten. Zwei Häuserblocks weit säumten Autos und kleine Lastwagen beide Straßenseiten. Seine Kleinanzeige in der Zeitung hatte sich gelohnt. Oder auch die Pappschilder, die sie an jeden Telefonmast in der Gegend genagelt hatten.

Horace sah zum Himmel auf. Bedeckt, aber noch kein Regen. Als er heute morgen zum ersten Mal hinausgeschaut und die graue Wolkendecke gesehen hatte, die sich von Horizont zu Horizont dehnte, hatte Horace befürchtet, die Verkaufsaktion müßte abgeblasen werden. Dann wäre die Ausgabe für die Annonce umsonst gewesen, und auch die Zeit, die sie gestern nachmittag und abend damit verbracht hatten, alles vorzubereiten. Aber noch fiel kein Tropfen.

»Entschuldigung«, sagte eine Frauenstimme.

Horace drehte sich um und sah eine untersetzte Frau mittleren Alters, in einem verschossenen roten Kleid, die ihm zuwinkte. Er ging zu ihr hinüber.

»Kann ich Ihnen helfen?« fragte er.

»Ja. Diese Uhr...« Sie betrachtete die riesige Kaminuhr, die einst seiner Tante Ruth gehört hatte. Er wollte sie behalten, aber June bestand darauf, sie zu verkaufen. Seit zwölf Jahren versuchte sie, ihn dazu zu zwingen, diese Uhr loszuwerden, und hatte ihn schließlich mürbe gemacht.

»Was ist damit?«

»Nun, sie ist schön. Mahagoni, nicht wahr?«

»Ja.«

»Aus der Schweiz?«

»Deutschland.«

»Soso. Geht sie noch?«

»Nein, schon seit Jahren nicht mehr. Ein Uhrmacher könnte sie vielleicht reparieren, aber das kann ich nicht beschwören. Ich habe sie nie hingebracht, um sie durchsehen zu lassen.«

»Warum nicht?«

»Wir haben keinen Kaminsims oder sonst einen Platz für so eine Uhr«, sagte Horace. »Ich wünschte, wir hätten einen.«

»Wieviel?«

»Da sie nicht geht, und ich nicht absolut sicher bin, daß sie zum

Gehen gebracht werden kann, obschon ich das annehme, nur zehn Dollar.«

Die Frau starrte die Uhr eine Minute lang an, dann nickte sie einmal entschlossen. »Ich nehme sie«, sagte sie.

»Gut.« Horace fiel ein Mann auf, der zu ihm herübersah. Offenbar wollte er, daß er zu ihm kam, und Horace blickte sich suchend um, ob June oder seine Tochter am Tisch standen. June war da. »Wenn Sie die Uhr zu dem Tisch dort bringen, kümmert sich meine Frau um Sie.«

»Danke.«

Horace ging zu dem Mann hinüber, der ihn angeschaut hatte. Er war ein großer, schlaksiger Kerl in einem eleganten grauen Anzug. Er hielt Horaces alten Klammerhefter in der Hand.

»Funktioniert der?« fragte er, als Horace bei ihm war.

»Ja, aber gelegentlich klemmt er ein bißchen.«

»Wieviel?«

»Einen Dollar.«

Eine junge Frau in Shorts schlenderte heran. Sie trug die George-Washington-Büste im Arm, die Horace vor einem Jahr auf einer Auktion erstanden hatte. Dieser Moment der Schwäche hatte zu einigen Tagen voller Vorwürfe und Hänseleien von seiten Junes geführt, und war seitdem Anlaß zu häufigen spitzen Bemerkungen von ihr und anderen Familienmitgliedern. Er hatte nicht die Hoffnung, daß der Verkauf der Büste ihre Witzeleien beenden würde, aber zumindest wäre das Beweisstück fort.

»Wieviel soll die kosten?« fragte die Frau.

Horace dachte an die zweiundvierzig Dollar, die er dafür ausgegeben hatte. »Vierzig Dollar«, sagte er.

»*Wieviel?*«

»Das war nur ein Scherz. Fünf Dollar.«

»Nun, das ist ein bißchen happig.«

»Na gut, drei Dollar, für Sie.«

»Ich gebe Ihnen zwei.«

Horace seufzte. »Abgemacht«, sagte er.

Horace begleitete sie zum Tisch, wo sie den Handel perfekt machten. Er wollte das persönlich erledigen, damit June nicht erfuhr, daß er vierzig Dollar bei dem Geschäft verloren hatte. Als die Frau gegangen war, änderte er den Durchschlag der Quittung von zwei Dollar auf fünfundzwanzig. Er hoffte, er würde damit durchkommen. Er mußte die Fünf direkt auf das Kohlepapier schreiben, und sie drückte sich auf der Quittung dunkler durch als die Zwei. Außerdem mußte er dreiundzwanzig Dollar in die Kasse legen.

Nachdem er damit fertig war, machte ihm ein dünner junger Mann in Jeans ein Zeichen. Der Mann war unrasiert und wirkte irgendwie schmierig. Er hielt Horaces altes Remington-Gewehr in der Hand.

»Funktioniert das?« fragte der Mann.

»Sicher tut es das. Ich bin erst vor drei Jahren auf die Jagd gegangen und habe damit einen Achtender erlegt.«

»Im Ernst?«

»Im Ernst«, sagte Horace. »Das ist mit das beste Gewehr, das ich je besessen habe.«

»Warum verkaufen Sie es dann?«

»Ich habe ein anderes Gewehr, das sogar noch besser ist. Ich komme nicht mehr oft zum Jagen oder Tontaubenschießen. Ein Gewehr genügt mir dafür durchaus. Es wäre sinnlos, eine so schöne Waffe wie diese vergammeln zu lassen.«

»Hat es denn Durchschlagskraft?«

»Jede Menge«, sagte Horace. »Es erledigt einen ausgewachsenen Hirsch auf hundert Meter mit einem Schuß.«

Der Mann wog das Gewehr in seinen Händen, legte dann den Schaft an seine Schulter und zielte in den grauen Himmel. Er kniff das linke Auge zu, schaute durch das Zielfernrohr und krümmte dann seinen rechten Zeigefinger, ohne den Abzug tatsächlich zu berühren. Er ließ das Gewehr wieder sinken und streichelte mit seiner rechten Handfläche über den Kolben, während er die Waffe in der linken Hand balancierte.

»Was würde es bei einem Menschen anrichten?«

»Übles.«

»Sagen wir mal, man schießt jemandem damit in den Kopf?«

»Es würde seinen Kopf in Stücke reißen und wie eine Melone platzen lassen«, sagte Horace.

»Wirklich?«

»Ja.« Horace lächelte. »Ich habe es natürlich nie versucht, aber ich weiß, daß es so wäre.«

»Verstehe ... ist die Zielvorrichtung genau?«

»Sicher.«

»Wenn man sich damit auf einen Hügel legt und durch das Fernrohr auf die Autobahn zielt, könnte man dann die Leute durch die Autofenster treffen? Ich meine, auf die Entfernung – etwa achtzig Meter – und wenn sie hundert fahren?«

»Sicher. Man braucht nur das Fadenkreuz im Zielfernrohr genau auf ihre Köpfe zu richten, ein bißchen vorhalten und auf den Abzug zu drücken.«

»Und das Kunststoffglas der Autofenster würde die Kugeln nicht ablenken?«

»Nicht bei einem Gewehr wie diesem«, sagte Horace.

»Wieviel?«

»Zweihundert.«

»Ich nehme es.«

Horace und der junge Mann gingen zum Tisch hinüber, um den Kauf abzuschließen.

Danach schaute Horace wieder zum Himmel auf. Die Wolken sahen noch immer bedrohlich aus, aber es regnete noch nicht.

Er sah, daß eine Frau die Kommode betrachtete, die seit zehn Jahren in der Garage gestanden hatte, und eilte zu ihr.

Originaltitel: YARD SALE 13/85
Übersetzt von Wolfgang Proll

Stephanie Kay Bendel

Fall Nr. 5423: Das zweite Feuer

Am Montag, dem 23. Juli, um dreiundzwanzig Uhr siebenunddreißig, flog im Bostoner Bezirk Chelsea das Haus Porter Street 17 in die Luft. Innerhalb von Sekunden schossen Flammen durch das Dach und durch einen Teil der nördlichen Hauswand.

Anhand der offiziellen Berichte und der ersten Aussagen von Überlebenden und Augenzeugen fiel es Inspektor Blaine Kesey vom Dezernat Brandstiftung nicht schwer, sich ein Bild über die Ereignisse zu machen, die der Explosion unmittelbar vorausgingen.

Die Nummer 17 war ein dreistöckiges Haus in einer ganz normalen, unauffälligen, kleinbürgerlichen Wohngegend. Unten, im Erdgeschoß des Hauses, wohnten die Besitzer und Vermieter, Mr. und Mrs. Edward Werner, ein Ehepaar in den Sechzigern. Mrs. Werner war etwa eine halbe Stunde zuvor ins Bett gegangen und schlief bereits tief und fest, als die Explosion sich ereignete. Mr. Werner hatte im Unterhemd im Wohnzimmer gesessen, ein Bier getrunken und sich im Fernsehen die Johnny-Carson-Show angesehen.

Im ersten Stock lebte eine ältere Witwe, Mrs. Leona Silver, mit ihrem vierzehnjährigen Sohn Peter. Auch Mrs. Silver hatte zum Zeitpunkt der Explosion schon geschlafen. Peter war in den Keller gegangen, wo jede Mietpartei einen eigenen, abschließbaren Verschlag als Stauraum besaß. Er wollte seinen Chemiekasten suchen, den er vor einem Jahr zu Weihnachten bekommen hatte.

Im zweiten Stock wohnte offiziell der siebenunddreißigjährige Cranston Howard, und inoffiziell auch seine neunzehnjährige Freundin Brenda Vine mit dem Baby Joshua. Das Baby hatte im Wohnzimmer in seinem Bettchen geschlafen. Brenda und Cranston hatten sich in der Küche gestritten.

Nebenan, in der Nummer fünfzehn, lag der achtzigjährige Alfred Mehan im Sterben. Pater Gerald Thomas hatte ihm gerade die Beichte abgenommen.

Draußen auf der Straße näherte sich Frank Olson, ein pensionierter Dockarbeiter, der Nummer 17. Er führte seinen alten Spaniel namens Sadie spazieren. Unmittelbar nach der Explosion lief Olson zur Vorderfront des Hauses und sah durch die Glasscheiben der Haustür ins Innere. Die Flammen züngelten bereits die Treppe hinauf. Aus Furcht, daß er die Flammen nur noch mehr entfachen würde, wenn er

die Tür öffnete, lief er zur Seite des Hauses, von wo er Schreie hörte.
Eine vogelähnliche, grauhaarige Frau in einem altmodischen Nachthemd beugte sich aus einem Fenster im ersten Stock. »Peter!« schrie sie. »Mein Junge! Ich finde ihn nicht!«
»Springen Sie!« rief Olson zurück. »Ich fange Sie auf.«
Sie schüttelte den Kopf. »Ich muß ihn finden!« Und sie verschwand vom Fenster.
Eine junge Frau stand an einem Fenster im zweiten Stock. Sie hielt ein Deckenbündel in den Armen. »Bitte!« rief sie Olson zu. »Fangen Sie mein Baby!« Olson hatte kaum Zeit zu nicken, da ließ sie das Bündel auch schon fallen. Mit klopfendem Herzen fing der Mann das Baby auf, das nach einem kurzen Augenblick des Schreckens zu schreien anfing. Olson legte es auf ein Rasenstück in sicherer Entfernung vom brennenden Haus. Sein Hund leckte dem Baby liebevoll über das Gesicht. Der Mann lief zum Haus zurück. Er konnte nur hoffen, daß jemand die Feuerwehr alarmiert hatte.
»Und jetzt Sie!« rief er der jungen Frau zu. »Springen Sie!« Und er breitete die Arme aus.
Brenda Vine kletterte auf die Fensterbank und zögerte einen Augenblick. Voll böser Vorahnung sah Olson, daß sie groß und kräftig gebaut war. Er selbst war dreiundsechzig Jahre alt, und wenn er auch für sein Alter in guter körperlicher Verfassung war, wußte er doch, daß er nicht die Kraft hatte, ihren Fall vollständig zu bremsen.
Er sah, wie sie mit ausgestreckten Armen und Beinen auf ihn zustürzte und machte sich auf den Aufprall gefaßt. Er war so heftig, daß er umgerissen wurde. Als er wieder auf die Füße kam, sah er, daß Brendas Beine in fürchterlichen Winkeln abgeknickt waren, und daß sich Knochensplitter durch das Fleisch bohrten. »Oh, mein Gott!« stöhnte er.
Er packte Brenda unter den Armen und versuchte, sie von dem brennenden Gebäude wegzuziehen. Bei jeder Bewegung schrie sie vor Schmerzen auf, und Olson, dem die Tränen in den Augen standen, konnte nur immer wieder sagen: »Es tut mir leid! Es tut mir so leid!«
Dann passierten mehrere Dinge auf einmal. In der Ferne war das Heulen einer Sirene zu hören. In dem Fenster, aus dem das junge Mädchen gesprungen war, erschien Cranston Howard, die Arme voller Bettlaken. Vom hinteren Teil des Hauses her stolperte Edward Werner ins Blickfeld. Sein Unterhemd war angesengt und sein Gesicht schwarz von Rauch und Ruß. »Meine Frau!« keuchte er. »Olive! Ich bekomme sie nicht aus dem Haus!«

Olson ließ das stöhnende Mädchen liegen und lief zu Werner. »Wo?« schrie er ihn an. Der rußgeschwärzte Mann zeigte zum hinteren Teil des Hauses. Rauch und Flammen quollen aus der Tür dort. Olson riß den Mann zurück. »Da kommen Sie nicht mehr rein. Es tut mir leid.« Er senkte den Blick, als er die plötzliche Erkenntnis auf dem Gesicht Werners sah, und versuchte ihn zu trösten. »Die Feuerwehr ist gleich hier. Hören Sie die Sirenen? Die haben Masken und Spezialanzüge. Die kommen sicher noch ins Haus rein. Vielleicht ist es noch nicht zu spät.«

Werner fing an zu weinen.

Inzwischen hatte Cranston Howard sich mit Hilfe der Bettlaken aus dem Fenster heruntergelassen. Er schrie Mrs. Silver an, die jetzt wieder am Fenster stand, und versuchte ihr klarzumachen, daß sie ins nächste Zimmer gehen sollte, von wo aus sie die Bettlaken erreichen könnte, um herunterzuklettern. Aber die winzige Frau hörte ihn nicht. »Bitte, helfen Sie mir! Mein Junge! Ich kann ihn nirgends finden!«

»Bleiben Sie am Fenster!« schrie Howard zu ihr hoch. »Gehen Sie nicht in den Rauch zurück. Ich versuche, ob ich auf einem anderen Weg ins Haus komme!« Und er lief nach vorne.

Olson, der immer noch versuchte, Edward Werner vom Haus wegzuziehen, sah Mrs. Silver, aber nicht die Bettlaken. »Springen Sie!« rief er. »Wir fangen Sie auf!«

Werner löste sich aus seiner Erstarrung. »Ja, Mrs. Silver, springen Sie!«

Die Frau schüttelte den Kopf. Werner versuchte weiter, sie zu überreden. Olson glaubte, das Feuerwehrauto vorfahren zu hören. Er drehte sich um und stand plötzlich einem Priester gegenüber. Der Geistliche war ein zierlicher Mann von etwa fünfundfünfzig Jahren. Er hatte schütteres graues Haar und trug eine Brille mit dünnem Metallgestell. Olson zeigte auf Brenda Vine, die sich mühsam zu ihrem Baby geschleppt hatte und versuchte, das weinende Kind zu trösten. »Pater«, sagte Olson zu ihm. »Vielleicht können Sie der Frau helfen?«

Aber der Priester reagierte nicht. Er stand zitternd und mit weit aufgerissenen Augen da, das Gesicht schweißüberströmt, und schien Olsons Frage nicht zu hören.

In dem Augenblick, in dem die Feuerwehr vorfuhr, tauchte Cranston Howard wieder auf, Peter Silver in den Armen. »Ich habe ihn aus dem Kellerfenster gezogen«, sagte er und legte den zierlichen Jungen neben Brenda auf den Rasen. »Er ist verletzt.«

Mrs. Silver sah ihren Sohn und kletterte auf die Fensterbank. Jetzt flehte Olson sie an, nicht zu springen. »Die Feuerwehr ist da. Die haben Leitern. Warten Sie!« Aber Mrs. Silver wollte nichts davon hören. Sie sprang aus dem Fenster, und Frank Olson fing noch einen Menschen auf. Glücklicherweise wog die Frau nur neunzig Pfund und fiel aus drei Metern weniger Höhe als Brenda Vine. Peters Mutter blieb unverletzt.

Ein zweites Feuerwehrauto hielt an. Werner zog einen Feuerwehrmann am Ärmel zur Hintertür, schluchzend und verzweifelt gestikulierend. Ein anderer Feuerwehrmann, der einen Schlauch ausrollte, bedeutete Pater Thomas, aus dem Weg zu gehen. Aber der Priester stand da wie angewurzelt, starr vor Schrecken. Der Feuerwehrmann mußte ihn mit Gewalt wegziehen. Dabei hörte er den Priester murmeln: »Genau wie damals. Ganz genau wie damals.«

Am Mittwochmorgen saß Inspektor Blaine Kesey an seinem Schreibtisch und starrte auf die Berichte, die vor ihm lagen. Die erste Untersuchung nach dem Feuer hatte ergeben, daß die Explosion durch eine primitive, selbstgebastelte Bombe mit einem Wecker als Zeitzünder ausgelöst worden war. Die Bombe hatte unter der Kellertreppe gelegen. Außerdem wurden dort auch Überreste eines Fünfliterkanisters Benzin gefunden. Kesey wußte, daß die Wahrscheinlichkeit, diese Materialien zurückzuverfolgen, nur sehr gering war.

Das Haus Nr. 17 hatte nur eine einzige Innentreppe. Hinter dem Haus hatte es zwar auch die übliche, vorschriftsmäßige Feuerleiter gegeben, aber sie war zwei Tage vor dem Brand abgebaut worden, weil sie durch eine neue ersetzt werden sollte.

Die Explosion hatte den jungen Peter Silver quer durch den Keller geschleudert. Glücklicherweise hatte er dabei nicht das Bewußtsein verloren und sich so zu dem Fenster schleppen können, das am weitesten von den Flammen entfernt war. Aber er hatte nicht hinausklettern können. Das Fenster lag zu hoch, und es gab nichts, worauf er sich hätte stellen können, und außerdem hatte er sich schwere Brandverletzungen zugezogen. Dann hatte Howard ihn gesehen und herausgezogen. Der Junge hatte eine Gehirnerschütterung und Verbrennungen zweiten Grades an rund zwanzig Prozent seiner Körperoberfläche. Er würde wieder gesund werden, aber bis dahin stand ihm eine sehr schmerzliche Zeit bevor. Seine Mutter war wegen Schock und leichter Rauchvergiftung behandelt und kurz darauf wieder entlassen worden.

Olive Werner war im Feuer ums Leben gekommen. Man hatte ihre Leiche im Flur vor ihrem Schlafzimmer gefunden. (Offensichtlich schliefen die Werners in getrennten Schlafzimmern.) Wie ihr Mann aussagte, war es ihm nicht gelungen, sie nach der Explosion zu wecken. »Ich habe sie geschüttelt und so laut geschrien, wie ich konnte«, hatte der große Mann geschluchzt, »aber sie wollte einfach nicht aufwachen! Dann habe ich versucht, sie aus dem Haus zu ziehen, aber die Hitze, und der Rauch – ich bekam keine Luft mehr!«

Aus den Berichten war zu ersehen, daß Mrs. Werner gute zweihundertvierzig Pfund gewogen hatte. Selbst ein Mann in ausgezeichneter Verfassung hätte Mühe gehabt, sie aus einem lichterloh brennenden Haus zu schleppen, dachte Kesey. Und Ed Werner war zwar ein großer Mann, aber seine Muskeln waren schon vor langer Zeit schlaff geworden.

Nur – wieso war Olive Werner nicht wach geworden? Die Antwort auf diese Frage würde die ärztliche Untersuchung bringen müssen.

Brenda Vines Beine waren schlimm zugerichtet. Die Ärzte sagten, die Chancen, daß sie je wieder gehen könnte, ständen fünfzig zu fünfzig, aber selbst im besten Fall würde sie ein merkliches Humpeln zurückbehalten. Aus einem Bein hatte ein Teil der Knochen entfernt werden müssen. Das Baby war unverletzt geblieben. Brendas Freund auch.

Kesey seufzte. Wo lag das Motiv? Wer profitierte von diesem Alptraum?

Er rief seinen besten Mann zu sich. »McCarthy, ich will alles haben, was es über alle Beteiligten zu wissen gibt.« Er schwieg einen Augenblick, bevor er hinzufügte: »Auch über den Priester. Ich will wissen, was er damit meinte, daß alles genauso wäre wie damals.«

Bis zum späten Nachmittag wußte Kesey, daß Ed und Olive Werner nicht besonders gut miteinander ausgekommen waren. Sie hatten sich oft und laut gestritten, sehr zum Ärger der Mieter und Nachbarn. Außerdem war die Versicherung für das Haus erst kürzlich um dreißigtausend Dollar erhöht worden.

Aber das brachte ihn nicht sehr viel weiter, dachte Kesey. Das Haus war unterversichert gewesen, und die Erhöhung der Feuerpolice war die Idee des Versicherungsvertreters gewesen.

Dann war da noch Olive Werners ungewöhnlich tiefer Schlaf. Da schien zwar etwas faul zu sein, aber was bewies das schon? Vielleicht war sie betäubt worden, aber warum? Damit sie den Flammen zum Opfer fiel? Es war zwar möglich, daß Werner sie so sehr gehaßt hatte, daß er sie am liebsten umgebracht hätte, aber doch ganz sicher nicht, indem er ein Haus in die Luft jagte, in dem sich mehrere andere Leute befanden, einschließlich ihm selbst. Außerdem schien er wirklich einen heldenhaften Versuch gemacht zu haben, sie zu retten, und auch sein Kummer schien echt zu sein.

Kesey schüttelte den Kopf. Nein, da lag die Antwort ganz sicher nicht.

Auf dem Heimweg suchte Kesey die Pfarrei auf, in der Pater Thomas lebte. Das Pfarrhaus von St. Dismas war ein großes, viktorianisches Gebäude, das einen gepflegten Eindruck machte, auch wenn nicht zu übersehen war, daß für diese Pflege nur ein Minimum an Geldmitteln verwendet wurde. Der Pfarrer selbst, ein Monsignore Reilly, öffnete ihm die Tür. Er war ein großer Mann mit einer Hakennase und einem schneeweißen Haarkranz.

»Pater Thomas ist nicht da. Er ist im Krankenhaus.«

»Oh? Ist er krank?«

»Ziemlich. Aber nicht so, wie Sie meinen, Inspektor. Er hatte einen Nervenzusammenbruch.« Der Pfarrer bat Kesey in ein ärmliches, aber behagliches Arbeitszimmer, wo die beiden Männer Platz nahmen.

»Hat der – äh – Zustand von Pater Thomas etwas mit dem Feuer von Montagabend zu tun?« fragte Kesey.

»Ich fürchte, ja. Wissen Sie, er ist ein sehr empfindsamer Mensch. Und Feuer – nun ja, er hat in dieser Hinsicht eine Phobie. Verständlicherweise.«

»Wieso das?«

»Als er zehn Jahre alt war, brach in dem Haus, in dem seine Familie wohnte, ein Feuer aus. Er selbst blieb zwar unverletzt, aber seine Mutter starb in den Flammen. Seitdem hat er eine panische Angst vor Feuer. Er war deswegen schon öfter in psychiatrischer Behandlung, und manchmal wird er auch ganz gut damit fertig. Aber zu anderen Zeiten leidet er wieder sehr darunter. Ich selbst habe gesehen, wie er die Heilige Messe der Hysterie nahe las, bloß weil Kerzen auf dem Altar brannten.« Monsignore Reilly schüttelte wehmütig den Kopf.

Kesey runzelte die Stirn. »Wissen Sie Einzelheiten über dieses Feuer in der Kindheit von Pater Thomas?«

»Nur, daß es im Süden von Boston geschah, und daß die Familie Thomas im zweiten Stock lebte. Gerald mußte aus dem Fenster springen. Ein Passant fing ihn auf.«

Bevor er am Donnerstagmorgen ins Büro ging, fuhr Kesey im Krankenhaus vorbei. Man sagte ihm, Brenda Vine sei wieder im Operationssaal, woraufhin er sich die Zimmernummer von Peter Silver nennen ließ. Der Junge schlief. Seine Mutter saß neben ihm. Sie sah müde und erschöpft aus.

Als sie ihn sah, füllten ihre Augen sich mit Tränen, und sie sagte trotzig: »Es ist nicht wahr.«

»Was ist nicht wahr?«

»Ihre Männer scheinen zu glauben, daß Peter etwas mit dem Feuer zu tun hatte.«

Kesey zögerte. »Können wir uns woanders unterhalten?«

Sie fanden eine stille Ecke im Aufenthaltsraum und setzten sich. »Erzählen Sie mir Genaueres«, sagte er.

»Heute morgen waren schon zwei von Ihren Männern hier. Sie haben mich immer wieder gefragt, was Peter so spät noch im Keller gewollt hätte, und die ganze Zeit über haben sie so getan, als hätte er etwas Schlimmes verbrochen. Dabei ist er nur in den Keller gegangen, um seinen Chemiekasten zu suchen.«

»Ist Ihr Sohn oft noch zu so später Stunde ganz alleine auf?« fragte Kesey sanft.

»O ja. Diese jungen Leute haben so viel mehr Energie als wir, finden Sie nicht auch? Manchmal denke ich, Peter schläft überhaupt nicht. Aber er ist ein guter Junge. Er bleibt so lange auf, um zu lesen oder zu lernen. Er ist ein ausgezeichneter Schüler, wissen Sie.«

»Und warum brauchte er plötzlich so unbedingt mitten in der Nacht seinen Chemiekasten?«

Mrs. Silver sah tief verletzt aus. »Das wollten Ihre Männer auch wissen. Peter will Chemie studieren. Er hat einen Sommerkurs belegt. Und er wollte nur etwas nachprüfen, was in seinem Buch stand. Ist das etwa verboten? Und was spielt es schon für eine Rolle, wieviel Uhr es war?« Sie sah Kesey offen an. »Peter ist ein *guter* Junge«, sagte sie noch einmal.

Kesey dachte, daß er schon von mehr als einem »guten« Jungen gehört hatte, der ziemlich schlimme Sachen angestellt hatte. Ein vierzehnjähriger Musterschüler hatte jedenfalls ganz sicher genug Intelligenz, eine einfache Bombe mit einem Zeitzünder zusammenzubasteln. Oder etwa nicht?

Aber wo war das Motiv?

In seinem Büro erwarteten Kesey neue Informationen.

»Es geht um diesen Howard, Inspektor«, sagte McCarthy, als Kesey seine Jacke auszog und sie über die Lehne seines Stuhls hängte. »Der Mensch aus dem zweiten Stock. In den späten Sechzigern und Anfang der Siebziger gehörte er zu den Kriegsgegnern, und einmal wurde er verurteilt, weil er eine Brandbombe in das Büro des Universitätsrektors gelegt hatte. Aber damals wurde niemand verletzt, und er kam mit dreißig Tagen Gefängnis davon.«

»Und was macht er jetzt?«

»Er arbeitet für eine Verbraucherschutzorganisation. Seine politische Einstellung ist immer noch linksorientiert, aber soweit ich feststellen konnte, tritt er nicht mehr für Gewaltanwendung ein.«

Interessant, dachte Kesey. Aber warum sollte Howard ein Gebäude in die Luft jagen, wenn er sich selbst im zweiten Stock befand?

Außer natürlich, die Bombe ging aus Versehen zu diesem Zeitpunkt los.

Er schenkte sich einen Kaffee ein und las noch einmal den Artikel, der in der Dienstagzeitung erschienen war. Der Artikel stand auf Seite acht. Von einer Bombe wurde nichts erwähnt, denn sie hatten diese Information nicht an die Presse weitergegeben. In der Zeitung stand nur was von einem Brand »aus noch ungeklärten Ursachen«. Ein kleines Foto von Frank Olson begleitete den Artikel. Die Bildunterschrift darunter lautete: »Passant rettet drei Menschen.« Kesey fand, daß Olson unglücklich aussah.

Dann kam der Autopsiebefund von Mrs. Werner. Sie hatte eine geringe Überdosis eines Beruhigungsmittels eingenommen (oder verabreicht bekommen). Der untersuchende Arzt hatte eine kurze Notiz an seinen Bericht angehängt.

> Ich glaube nicht, daß es etwas zu bedeuten hat, Blaine. Ihr Arzt sagt, daß sie seit Jahren Beruhigungsmittel genommen hat. Mit der Zeit gewöhnt der Körper sich an die Mittel, und viele Patienten nehmen dann mehr, als sie eigentlich sollen.

McCarthy hatte jemanden in die Bibliothek geschickt, der in alten Zeitungen nach Informationen über das damalige Feuer im Haus der Familie Thomas suchen sollte. Nach dem Mittagessen fand Kesey auf seinem Schreibtisch einen schriftlichen Bericht vor. Das Feuer war im Juni 1941 ausgebrochen. Die Familie von Pater Gerald Thomas wohnte im zweiten Stock eines Hauses in Dorchester. Die Explosion, die offensichtlich durch eine undichte Gasleitung verursacht worden war, hatte die Wand des Treppenhauses zum Einsturz gebracht, wodurch den Bewohnern der beiden oberen Stockwerke der Weg abgeschnitten wurde. Eine Feuertreppe gab es nicht. Die Explosion hatte um halb fünf Uhr morgens stattgefunden. Ein Milchmann, der gerade in der Straße auslieferte, hatte mit einer Ausnahme alle Bewohner der beiden oberen Stockwerke gerettet, indem er sie entweder auffing oder aber die Wucht ihres Aufpralls wenigstens soweit bremste, daß keiner verletzt wurde. Die Bewohner des Erdgeschosses hatten sich aus eigener Kraft retten können. Nur Mrs. Thomas war gestorben, interessanterweise an einem Herzanfall, ausgelöst durch den Schreck. Es war allseits bekannt gewesen, daß sie Probleme mit dem Herzen hatte.

Die Ähnlichkeiten waren verblüffend. Dreifamilienhaus. Explosion mitten in der Nacht, die die einzige Treppe außer Funktion setzte. Ein Passant fing die Leute auf, die aus den Fenstern sprangen. In beiden Fällen kam eine Frau ums Leben. Aber 1941 hatte es keine der schrecklichen Verletzungen gegeben, wie sie Brenda und Peter erlitten hatten – es sei denn, man zählte auch die psychischen Schäden mit, unter denen Gerald Thomas heute noch litt. Die beiden Fälle waren also doch nicht so einfach zu vergleichen.

Aber es gab genügend Ähnlichkeiten, um Erinnerungen in den tiefsten Tiefen von Pater Thomas' Gedächtnis wachzurütteln. Und wer auch immer die Bombe in der Porter Street gelegt hatte, er hatte in Pater Thomas ein weiteres Opfer gefunden.

Oder vielleicht sogar zwei. Am späten Nachmittag besuchte Kesey Frank Olson. McCarthy hatte sich schon mit Olsons früherem Arbeitgeber in Verbindung gesetzt, der gesagt hatte, Olson sei der beste Arbeiter gewesen, den er je gehabt habe. Pflichtbewußt und so gut wie nie krank, zwar ein bißchen ein Einzelgänger, kam aber trotzdem gut mit jedem aus. Außerdem wohnte Olson laut McCarthys Bericht schon seit vierzehn Jahren unter seiner derzeitigen Adresse. Davor hatte er acht Jahre lang für eine Elektronikfirma gearbeitet. Er lebte von Staatsrente und einer kleinen Pension.

Frank Olson war in seiner kleinen Wohnung allein. Er bewegte sich mühsam und entschuldigte sich dafür, als er den Inspektor hereinbat. »Ich habe mir neulich wohl den Rücken und die Schultern ein bißchen verzerrt«, sagte er.

Olsons Augen sahen aus, als hätte er geweint, stellte Kesey fest.

»Aber Sie kommen wieder in Ordnung, nicht wahr?« fragte er.

Olson nickte. »Sicher. Der Doktor sagt, es dauert höchstens ein oder zwei Wochen. Dann bin ich wieder in Ordnung.«

Was war dann mit dem Mann los? fragte Kesey sich. Erst als er den leeren Futternapf neben der Küchenspüle sah, fiel ihm auf, daß der alte Spaniel nirgends zu sehen war.

Auf seine Frage sagte der Mann: »Es ist letzte Nacht passiert. Er war zwar alt, und der Tierarzt hat gesagt, daß seine Zeit so langsam abgelaufen wäre, aber man denkt ja doch nicht –«

Kesey sagte, es täte ihm leid. Er hatte selbst einen Hund und wußte, wie dem Mann zumute war.

»Aber das ist nicht alles«, sagte Olson wehmütig. »Das Feuer neulich abends – jedes Mal, wenn ich die Augen zumache, sehe ich das Mädchen vor mir – und ihre Beine, völlig zerschmettert –«

»Nehmen Sie es nicht persönlich«, sagte Kesey sanft. »Wenn Sie nicht gewesen wären, wäre es vielleicht noch viel schlimmer gekommen.«

Der Mann schüttelte den Kopf. »Eben nicht. Das ist ja das Schlimme. Ständig denke ich, wenn ich nicht dagewesen wäre, hätte der junge Mann – der die Bettlaken aneinandergeknüpft hat – er hätte sie bestimmt sicher nach unten bekommen, und es wäre ihr überhaupt nichts passiert.«

Olsons Körper zuckte vor lautlosem Schluchzen. »Da macht ein Mann Tag für Tag immer weiter«, sagte er weich, »obwohl er weiß, daß niemand besonders viel von ihm hält. Aber trotzdem sagt er sich, daß auch er seinen Wert hat. Dann kommt der Augenblick, in dem er sich beweisen muß, und hinterher stellt er fest, daß alle besser dran wären, wenn er nicht dabeigewesen wäre.« Olson sah Kesey mit Augen an, in denen abgrundtiefer Schmerz lag.

Nachdem er gegangen war, beschloß Kesey, Kathleen Donovan vom Seniorenzentrum anzurufen und sie zu bitten, Olson baldmöglichst zu irgendeiner Veranstaltung einzuladen. Es gab Zeiten, in denen man dafür sorgen mußte, daß jemand nicht zu lange mit seinen Gedanken allein blieb.

Der ganze verdammte Fall war voller Opfer.

Zur Besuchszeit am frühen Abend fuhr Kesey noch einmal ins Krankenhaus. Brenda Vine stand immer noch unter Beruhigungsmitteln, war aber bei Bewußtsein. Er wußte, daß ihr noch mehrere Operationen an beiden Beinen bevorstanden, obwohl sie schon zweimal operiert worden war.

Sie sah vor den weißen Kissen wie eingeschrumpft aus. Ihr langes, dunkles Haar umrahmte kraftlos ein viel zu blasses Gesicht.

Kesey stellte sich vor. »Miss Vine, würden Sie mir ein paar Fragen beantworten?«

Sie nickte kaum merklich und sah gleichgültig an ihm vorbei. Er beschloß, das ganze vorsichtig anzugehen. »Das alles ist ziemlich schlimm für Sie, nicht wahr?« Die Worte kamen ihm selbst idiotisch vor. Er versuchte es noch einmal. »Ich habe mir sagen lassen, daß es Ihrem Baby gut geht. Wenigstens das ist ein Glück.«

»Ist es das?« fragte das Mädchen leise zurück und sah Kesey an. Zorn flackerte in ihren Augen. »Was für eine Zukunft hat der Kleine denn schon? Eine verkrüppelte Mutter, keinen Vater, ein Leben von der Sozialhilfe. Da ist er nämlich jetzt. In den Händen der Wohlfahrt. In einer Pflegefamilie. Wenn ich hier rauskomme, wird er mich nicht mal mehr erkennen.« Tränen stiegen in ihre Augen.

»Aber Cranston«, warf Kesey ein. »Was ist mit ihm? Wird er nicht helfen?«

Brenda schüttelte den Kopf. »Das ist vorbei. Es ist schon lange vorbei. Ich habe es gewußt. Ich habe immer gehofft, daß er es sich anders überlegen würde, wegen dem Baby. Aber jetzt – Cran würde nie einen Krüppel heiraten.«

Die Bitterkeit, die in ihrer Stimme lag, tat Kesey weh. »Sie beide haben sich also schon länger nicht mehr gut verstanden?«

Wieder schüttelte sie den Kopf. »Er wollte uns verlassen. Er hat nämlich eine andere Freundin. Und Cran hält nicht viel von Verantwortung. Mit Familie und so hat er nicht viel am Hut.«

»Wie haben Sie das mit dem anderen Mädchen erfahren?«

»Cran hat es mir erzählt. Er wollte, daß ich Bescheid weiß. Wahrscheinlich hat er gedacht, daß ich dann meine Sachen packe und ausziehe.«

»Aber das haben Sie nicht getan.«

»Natürlich nicht. Er hat eine Verantwortung – für mich und das Baby. Außerdem wußte ich nicht, wo ich hinsollte. Meine Familie hat mich rausgeworfen. Ich habe keinen Schulabschluß gemacht. Wo sollte ich hin?«

Kesey nickte verständnisvoll. »Hat Cranston das andere Mädchen oft gesehen?«

»Immer öfter. Er war kaum noch zuhause. In der Nacht, in der es brannte, war er zum ersten Mal seit Wochen wieder über Nacht bei uns. Sein Mädchen hatte nämlich Nachtdienst.« Sie fing an zu weinen.

Peter Silver war an diesem Abend ebenfalls wach. Seine Mutter war für ein paar Stunden nach Hause gegangen, und Kesey war froh, daß er Gelegenheit hatte, allein mit dem Jungen zu sprechen. Er lag im Bett. Eine zeltartige Angelegenheit deckte seinen Körper ab. Kesey sah, daß seine Arme, sein Hals und sein Gesicht tiefrot und voller Blasen waren. Seine Augenbrauen waren abgesengt, wie auch ein Teil seiner Haare.

»Wie geht es dir?« fragte Kesey und setzte sich.

»Ganz gut«, sagte der Junge mit flüsternder Stimme.

»Tut das Sprechen weh?«

Er nickte. »Die Haut platzt.«

»Ich habe alle Informationen, die du meinen Männern schon gegeben hast, also brauchen wir nicht noch einmal von vorne anzufangen. Aber ein paar Fragen hätte ich noch. Du kannst ja nicken oder den Kopf schütteln. Okay?«

Der Junge nickte.

»Es heißt, daß du an eurem Kellerverschlag warst, etwa vier Meter von der Treppe entfernt, als die Explosion kam. Richtig?«

Der Junge nickte.

»Hast du jemanden gesehen, als du in den Keller gingst?«

Peter schüttelte den Kopf.

»Ist dir unter der Treppe etwas aufgefallen, als du runter kamst?«

Peter schüttelte wieder den Kopf. »Dunkel«, flüsterte er. »Viel Krempel. Immer.«

»Ich höre, daß du ein guter Schüler bist, Peter. Du lernst viel, nicht wahr?«

Peter nickte.

»Warum?«

»Muß«, flüsterte der Junge. »College. Will Stipendium. Mom hat kein Geld –«

Kesey formulierte seine Frage sehr sorgfältig, gab ihr aber einen beiläufigen Ton. »Peter? Hast du die Bombe gelegt?«

Der Junge sah ihn mit dunklen, klaren, intelligenten Augen an. Mit sichtlicher Mühe hob er die Stimme, bis sie fast normal laut war. »Nein, Sir. Das habe ich nicht.«

Kesey stand auf. Er erkannte die Wahrheit, wenn er sie hörte.

Am nächsten Morgen hatte McCarthy weitere Informationen über das Feuer von 1941. »Kein Zweifel, Inspektor, es war ein Unfall. Die Untersuchung war gründlich und genau. Es lag an einer undichten Gasleitung.«

»Was löste die Explosion aus?«
»Offensichtlich ein Funke von der Wasserpumpe.«
»Und die Überlebenden des Feuers?«
»Sind inzwischen zum Teil tot. Pater Thomas hat noch eine ältere Schwester in Florida. Der Vater starb vor ein paar Jahren. Es gab noch ein Kind im ersten Stock, ein Mädchen. Sie lebt heute in Oregon. Die Eltern sind ebenfalls tot.«
»Und der Milchmann? Der Mann, der sie alle gerettet hat?«
»Er hieß Planter, Charlie Planter. Offensichtlich ein Verlierer, wie er im Buch steht. Schon in der Schule immer in Schwierigkeiten, mit sechzehn abgegangen, aus mehreren Hilfsarbeiterjobs rausgeflogen, andere von selbst aufgegeben, zwischendurch arbeitslos. Er war nicht einmal der reguläre Milchmann. Er hatte die Route nur für einen Freund übernommen, der für ein paar Tage außerhalb der Stadt was zu erledigen hatte.«
»Und nach dem Feuer?«
»War er ein paar Monate lang ein Held. Sein Foto war in allen Zeitungen, er bekam eine Ehrung vom Bürgermeister und einen Orden vom Gouverneur. Die Molkerei bot ihm sogar eine feste Stelle an.«
»Hat er sie angenommen?«
»Ja, aber er hat sie nicht lange behalten. Drei Monate später wurde er gefeuert, weil er nie pünktlich lieferte. Als der Krieg ausbrach, ging er zur Marine. Achtzehn Monate später desertierte er. Danach gibt es keine Spur mehr von ihm.«
»Desertiert, hm.« Kesey dachte eine Weile nach. »Es gibt eine bestimmte Mentalität«, sagte er schließlich. »Ab und zu begegnet man ihr. Manchen Leuten kann man die ganze Welt auf einem Silbertablett anbieten, und sie lassen sie unabsichtlich-absichtlich fallen. Dann verfluchen sie ihr ganzes Leben lang das Pech, das sie haben.«
McCarthy sah seinen Chef verständnislos an.

Kesey blätterte durch die Papiere auf seinem Schreibtisch und fand, was er suchte – einen Bauplan der Nummer 17, wie das Haus vor dem Feuer ausgesehen hatte. Ein Grundriß war auch dabei. Er sah ihn sich genau an. Hinter der Haustür befand sich eine kleine Diele. Links davon ging die Wohnung der Werners ab. Geradeaus befand sich die Treppe in die oberen Stockwerke und hinunter in den Keller.
Er bat Werner, etwas später in sein Büro zu kommen, und als der Mann eintraf, fragte er ihn: »Wurde die Haustür normalerweise

abgeschlossen?«

Edward Werner verlagerte sein Gewicht, woraufhin der Stuhl unter ihm protestierend quietschte. Er hatte dunkle Ringe unter den Augen, und sein dünnes Haar hatte eine Wäsche nötig. »Die Haustür? Nein, die haben wir nie abgeschlossen. Die Gegend ist ziemlich sicher. Bei uns mußte man keine Angst haben, im Flur niedergeschlagen zu werden.«

»Aber die einzelnen Wohnungen waren in der Regel abgeschlossen, oder?«

Werner zuckte die Schultern. »Wir haben immer abgeschlossen, wenn wir nicht da waren. Mrs. Silver auch. Aber dieser Howard, wissen Sie, der ist nicht sehr verantwortungsbewußt.«

Kesey nickte. »Und was war mit der Tür zur Kellertreppe? Wurde die normalerweise abgeschlossen?«

Werner schüttelte den Kopf. »Vor Jahren, ja. Aber das gab nur Ärger. Es bedeutete, daß die Mieter zwei Schlüssel haben mußten, und Schlüssel gehen verloren. Außerdem kommen dauernd Zählerableser und Wartungsleute für die Waschmaschine und den Trockner. Mit den Schlüsseln war das einfach zu umständlich. Außerdem gibt es da unten sowieso nichts zu stehlen. Die Mieter haben ja ihre eigenen Verschläge, die sie abschließen können.«

Also hätte jeder durch die Haustür kommen und in den Keller gehen können, dachte Kesey. »Wer war tagsüber normalerweise zuhause?«

Werner zuckte wieder die Schultern. »Der kleine Silver. Oder auch Howards Freundin. Die anderen waren ja immer zur Arbeit.«

Kesey sah aus dem Fenster. Peter Silver hatte eine Sommerschule besucht. Blieb nur die junge Frau im zweiten Stock übrig. Nicht sehr wahrscheinlich, daß sie merken würde, wenn ein Fremder die Nummer 17 betrat und in den Keller ging.

Aber welcher Außenstehende konnte ein Interesse haben, das Haus in die Luft zu jagen? Immer noch fehlte jedes Motiv. Kesey wandte sich wieder Werner zu. »Sie und Ihre Frau haben sich nicht besonders gut verstanden, nicht wahr?«

Der Mann fuhr sich mit der Hand über die Stirn. »Wir hatten unsere Schwierigkeiten«, sagte er langsam. »Das wissen alle. Olive wollte einfach immer den Mond haben. Sie verstand nicht, wieso ich nicht das große Geld verdiente, wieso ich nicht *jemand* war.« Er sah Kesey traurig an. »Wissen Sie, ich bin ein ganz durchschnittlicher Kerl. Und manchmal war ich es einfach leid, daß sie immer an mir rumnörgelte.«

Keseys Augen wurden schmal. »Wie leid, Mr. Werner?«

Der Mann zuckte zusammen und sah ihn ungläubig an. »Sie können doch nicht glauben, daß ich *wollte* – das können Sie nicht glauben!« Werner hatte tatsächlich Tränen in den Augen.

»Nein? Immerhin sind Sie eine Frau los, mit der Sie nicht ausgekommen sind, und außerdem werden Sie von der Versicherung eine Menge Geld kassieren.«

»Sie – Sie sind ja verrückt!« stotterte Werner. »Haben Sie schon mal was von Scheidung gehört? Wenn ich meine Frau hätte loswerden wollen –« Seine Stimme brach.

Kesey kam sich sehr gemein vor. Aber er mußte diesen Punkt weiterverfolgen. »Wenn Sie sich hätten scheiden lassen, hätten Sie sie abfinden müssen. Aber so haben Sie all das viele Geld ganz für sich allein.«

»Geld!« Werner lachte fast. »Ich bekomme kein Geld. Ich bekomme überhaupt nichts.«

»Was?«

»Mein Schwiegervater konnte mich nie leiden. Als wir heirateten, hat er Olive das Haus überschrieben, aber nur zu treuen Händen. Sie durfte darin wohnen und, so lange sie lebte, die Mieten für die beiden anderen Wohnungen kassieren. Aber jetzt, wo sie tot ist, geht das Geld der Versicherung ins Vermögen meines Schwiegervaters über. Ich habe nicht einmal mehr einen Platz zum Wohnen. Im Augenblick wohne ich im Christlichen Verein.«

Kesey war sprachlos.

Nach dem Essen unterhielt Kesey sich mit Cranston Howard. Der Mann war ihm unsympathisch. Howard zeigte wenig Mitgefühl für Brenda Vines Zustand. »Ja, zu dumm«, sagte er gleichgültig. »Sie war ein nettes Ding.«

»Sie beide haben sich demnach gut verstanden?«

»Nein, das nicht«, sagte Howard und wandte den Blick ab. »Brenda hat diesen Ehetick. Ständig hat sie mich unter Druck gesetzt. Nur deshalb hat sie übrigens das Baby bekommen, wissen Sie. Sie hat gedacht, so kann sie mich zwingen, sie zu heiraten. Aber ich habe da nicht mitgemacht. Ich habe zwar gesagt, sie kann bei mir einziehen, aber mit Heiraten ist nichts. Das war eine Überraschung für sie.«

»Und was wollten Sie in bezug auf diese Situation tun?« fragte Kesey.

»Tun?«

»Wollten Sie weiter mit ihr leben, oder dachten Sie daran, den gemeinsamen Hausstand wieder aufzulösen?«

Der junge Mann sah unbehaglich aus. »Ehrlich gesagt, wollte ich sie verlassen. Es wurde mir einfach zuviel. Immer nur dieses Genörgel. Mußte ich mir das gefallen lassen? Und wenn ich nicht das gemacht habe, was sie wollte, hat sie immer verrückt gespielt.«

Kesey sah interessiert aus. »Wie meinen Sie das?«

»Na ja, sie hat gedroht, sich umzubringen und so.«

»Glauben Sie, daß sie es ernst meinte?«

Howard sah auf den Fußboden von Keseys Büro. »Quatsch. Das hat sie nur gesagt, um mich noch mehr unter Druck zu setzen. Sie wissen ja, wie Frauen so sind.«

»Mr. Howard«, sagte Kesey vorsichtig. »Glauben Sie, daß Brenda wußte, wie man eine Bombe baut?«

Der junge Mann sah überrascht auf. Dann grinste er. »Inspektor, jeder kann eine Bombe bauen. Man holt sich einfach ein Buch aus der Bücherei. Da steht genau drin, Schritt für Schritt, was man tun muß. Aber eines können Sie mir glauben: Brenda hat die Bombe nicht gelegt.«

»Wieso sind Sie so sicher? Selbstmorddrohungen sind oft eine Bitte um Hilfe. Wenn die Hilfe nicht kommt, werden sie manchmal wahrgemacht. Vielleicht wollte Brenda sich selbst töten und Sie mit sich nehmen.«

Howard runzelte nachdenklich die Stirn. Dann schüttelte er den Kopf. »Nein, das glaube ich nicht«, sagte er langsam. »Vielleicht hätte sie mich umbringen wollen. Der Himmel weiß, daß sie in letzter Zeit wütend genug auf mich war. Und vielleicht würde sie auch sich selbst umbringen. Aber eines weiß ich sicher: Wenn Brenda die Bombe in den Keller gelegt hätte, hätte sie dafür gesorgt, daß das Kind nicht im Haus ist. Sie würde nie zulassen, daß dem Kind etwas passiert.«

Kesey dachte darüber nach und erinnerte sich daran, daß der erste Gedanke des Mädchens gewesen war, das Baby in Sicherheit zu bringen. Vielleicht hatte Howard recht. Er versuchte es mit einem anderen Gedankengang. »Wissen Sie, worüber Mr. und Mrs. Werner sich ständig stritten?«

Howard grinste. »Das weiß die ganze Nachbarschaft. Sie war ein richtiges Schlachtroß. Ihr alter Herr hatte ihr ein bißchen Geld hinterlassen und konnte Ed nicht leiden. Offensichtlich hat er ihr gesagt, daß aus Ed nie etwas werden würde, und es brachte sie fast um, weil sie schließlich einsehen mußte, daß ihr Alter recht gehabt hatte.

Dabei ist Ed gar nicht mal so verkehrt. Er gehört einfach nur zu den Typen, die immer gerade so ihr Auskommen haben – aber mehr auch nicht.«

Als Howard gegangen war, grübelte Kesey darüber nach, daß von allen fünf Opfern nur Howard nichts verloren hatte, was ihm etwas wert war.

Am Nachmittag machte Kesey einen Besuch in der psychiatrischen Klinik St. Dymphna.

»Pater Thomas wird mit Medikamenten behandelt, Inspektor«, erklärte ihm ein Arzt. »Sie werden vielleicht feststellen, daß er nicht immer zusammenhängend spricht. Eine bedauerliche Nebenwirkung. Und leider wird auch eine Krankenschwester bei Ihrem Gespräch dabeisein müssen, um sicherzugehen, daß er sich nicht zu sehr aufregt.«

Bei Keseys Eintritt saß Pater Thomas in Schlafanzug und Morgenmantel in einem Sessel und blätterte in einer Zeitschrift. Er schien verwirrt, als die Krankenschwester erklärte, wer Kesey war und weshalb er gekommen war.

»Ich helfe Ihnen natürlich gerne, Inspektor. Aber ich weiß wirklich nicht –« Er sprach den Satz nicht zu Ende.

Kesey begann ganz vorsichtig. »Ich möchte nur, daß Sie mir genau erzählen, was am Montagabend passiert ist. Haben Sie die Explosion gehört?«

»O ja. Ich wollte gerade das Haus der Mehans gleich nebenan verlassen. Das ganze Gebäude zitterte. Ich ging hinaus auf die Veranda und sah die Flammen in der Nummer 17. Sie erinnerten mich –«

»Ja?« Kesey wollte nicht, daß der Priester in eine andere Zeit zurückfiel. »Was haben Sie dann getan?«

»Ich – ich habe gedacht, ich sollte vielleicht helfen. Also bin ich zu dem brennenden Haus gelaufen.«

»Sagen Sie mir ganz genau, was Sie gesehen haben«, half Kesey ihm weiter.

Pater Thomas schloß die Augen. »Ein Teil des Hauses stand in Flammen. Überall war Rauch. Auf dem Gras lagen eine junge Frau und ein Baby. Die Frau war verletzt.« Er zögerte, öffnete die Augen und runzelte die Stirn.

»Lassen Sie sich Zeit, Pater. Was ist dann passiert?«

Ein schmerzlicher Ausdruck huschte über das Gesicht des Priesters. »Der Mann war da. Er sagte: ›Spring‹.«

»Und dann?«

Pater Thomas schüttelte den Kopf. »Ich konnte nicht. Es war zu hoch. Meine Mutter lag auf dem Boden. Sie war krank. Meine Schwester schrie. Das Feuer kam immer näher –«

Schweißtropfen liefen über seine Stirn. Die Sätze kamen stoßweise und abgehackt. »Der Mann schrie: ›Spring!‹, aber ich konnte nicht.« Er sah Kesey an und sagte leise: »Dann hat mein Vater mich hochgehoben und aus dem Fenster geworfen.« Er fing an zu schluchzen.

Die Krankenschwester legte Kesey die Hand auf den Arm. »Ich glaube, das ist genug«, sagte sie leise.

Kesey nickte. Es spielte keine Rolle. Es war ihm nicht gelungen, Pater Thomas lange genug in der Gegenwart zu halten. Der Priester war ins Jahr 1941 zurückgegangen, und das nützte ihm gar nichts für den Fall Porter Street 17.

Was hatte den Rückfall ausgelöst? überlegte Kesey, als er zurück in sein Büro fuhr. Im Geiste ging er die Geschichte des Priesters noch einmal durch. Irgendwo darin verborgen lag der Schlüssel, der die Stahltür öffnen würde. Irgend etwas hatte Pater Thomas zurück in die Vergangenheit versetzt.

Aus einem Impuls heraus machte Kesey einen Umweg zur öffentlichen Bücherei und ließ sich die Mikrofilme der Zeitungen aus dem Jahr 1941 zeigen. Vielleicht würde er darin etwas entdecken, was McCarthy entgangen war.

Und er fand etwas. Es sprang ihm aus einem Bericht über das alte Feuer direkt in die Augen. Das Gesicht eines jungen Mannes über den Worten: »Held des Tages.« Das Gesicht hatte sich im Laufe der Zeit verändert, aber die Augen waren immer noch dieselben.

In seinem Büro tippte Kesey McCarthy auf die Schulter. »Setzen Sie sich mit der Marine in Verbindung. Ich brauche die Fingerabdrücke von Charlie Planter.«

»Von Charlie Planter?«

»Er ist unser Mann. Natürlich hat er nach seiner Desertion einen anderen Namen angenommen. Aber wissen Sie, eins haben alle Deserteure gemeinsam. Im Grunde genommen wollen sie nur zurück nach Hause. Und Charlie kam zurück nach Hause. Die Gefahr war nicht groß. Eine große Stadt wie Boston hat viele Wohnbezirke, die völlig unabhängig voneinander sind. Man kann zum Beispiel in Südboston aufwachsen und dann in den Norden nach Chelsea ziehen, und wenn man ein bißchen aufpaßt, begegnet man nie im Leben jemandem, der einen von früher kennt. Und selbst wenn man jemandem begegnet, erkennt er einen nach all den Jahren wahrscheinlich nicht einmal mehr. Außer, man sucht nach der Ähnlichkeit, wie ich es heute nachmittag getan habe. Oder jemand sieht einen unter genau denselben Umständen wie vor vierundvierzig Jahren.«

McCarthy zog ein Gesicht, als sei ihm ein Licht aufgegangen. »Hat *das* Pater Thomas zurückgeworfen?«

Kesey nickte. »Er sah Charlie Planter vor einem brennenden Haus stehen und ›Spring!‹ rufen.«

»Soll das heißen, daß Planter die Bombe gelegt hat? Aber warum?«

»Ah, das Motiv! Das hat mir bis heute Kopfzerbrechen bereitet. Ich habe mir alle Beteiligten genau angesehen und überlegt, wer etwas zu gewinnen hatte. Aber niemand hatte etwas zu gewinnen. Und dann sah ich das Foto von Charlie Planter und betrachtete die Sache von seinem Standpunkt aus.«

»Denken Sie doch selbst. Er war ein Verlierer. Alles, was er anfaßte, mißriet ihm. Bis auf einmal. In einer Nacht vor vierundvierzig Jahren hat er etwas richtig gemacht. Und für eine kurze Zeit war das Leben süß für ihn. Ehrungen und Orden und allgemeine Anerkennung. Dann wurde er wieder zum unbekannten Charlie, und alles ging wieder schief. Was meinen Sie wohl? Wie oft hat er sich wohl gewünscht, diese Nacht noch einmal erleben zu können? Wieder *jemand* zu sein? Wieder wichtig zu sein.«

»Deshalb hat er es getan?«

»Ich würde mein ganzes Jahresgehalt dafür verwetten. Er hat nicht gedacht, daß jemand dabei zu Schaden kommen würde. Beim ersten Mal kam ja auch niemand zu Schaden, wenigstens nicht körperlich, bis auf Mrs. Thomas, und Mrs. Thomas starb nur, weil sie ein schwaches Herz hatte. Aber in der Nummer 17 hatte niemand ein schwaches Herz, und deshalb dachte er, alles würde gut ausgehen. Er würde da sein, um sie alle zu retten. Genau wie damals.«

»Das Dumme ist nur, daß ein Mensch wie Planter keine Phantasie hat. Er hat keinen Augenblick lang daran gedacht, daß Mrs. Werner so viel Schlafmittel nehmen könnte, daß sie nicht wachzubekommen war. Oder daß sich jemand um diese Stunde noch im Keller aufhalten könnte.«

McCarthy griff nach dem Telefon.

»Soll ich Planter – Olson – verhaften lassen?«

Kesey sah ihn an. »Nein, McCarthy! Es ist nicht unser hart arbeitender, pflichtbewußter Olson, der sich nicht ein einziges Mal grundlos krankschreiben ließ. Ich rede von Werner.«

»Von Werner? Aber der hat doch niemanden gerettet!«

»Das war auch so eine Sache, die er nicht berücksichtigt hat – daß, bevor er seine Frau aus dem Haus hatte und anfangen konnte, die anderen zu retten, ein anderer da sein würde, um sie an seiner Stelle zu retten.«

»Und er wollte wirklich nicht, daß seine Frau dabei ums Leben kam?«

»Aber nein. Für sie wollte er doch gerade der Held sein. Er wollte, daß sie ein für alle Mal mit ihrer Nörgelei aufhörte. Er wollte endlich wieder *jemand* sein.«

»Und das ist alles? All dieses Leid, bloß weil er wieder *jemand* sein wollte?« McCarthy schwieg einen Augenblick. Dann sagte er langsam: »Manchmal ist die Welt schon schrecklich, Sir.«

»Ja, McCarthy. Manchmal ist sie das.«

Originaltitel: CASE 5423: THE SECOND FIRE, 13/85
Übersetzt von Brigitte Walitzek

Janet O'Daniel

Patchwork

Das Dorf stand schon dort, lange bevor die Artikel der Konföderation unterschrieben wurden. Es blühte und gedieh, lange bevor die Continentals auf Breed's Hill standen. Es summte vor Leben, lange bevor John Adams von fernen Orten lange Briefe an Abigail schrieb – jene wohlformulierten Briefe voll Liebe und häuslicher Sorge. (Wie gedeiht Ihr Spargel, wenn ich fragen darf?) In einem so altehrwürdigen Ort war nicht zu erwarten, daß die üblichen Regeln des zwanzigsten Jahrhunderts voll und ganz respektiert wurden. Straßen trafen nicht im rechten Winkel aufeinander, Häuser drängten sich überraschend dicht an den Straßenrand, öffentliche und private Gebäude stellten für alle, die nicht damit großgeworden waren, echte Gefahrenquellen dar. Fußböden senkten sich, Treppenstufen wölbten sich. Schiefe Ebenen und vorspringende Ecken und Kanten gab es reichlich.

Aber das Böse gedieh hier natürlich genau wie auch anderswo.

Das Gebäude, aus dem einmal *Dorcas' Patchwork* werden sollte, stand an einer Ecke der Main Street – oder an dem, was eine Ecke sein sollte, denn im Grunde genommen war es eine Kurve. Die Straße hatte hier einst, vor langer Zeit, einen Schlenker gemacht, um von dort in westlicher Richtung zu verlaufen. Vielleicht hatten die Kühe, die nach dem Melken am frühen Morgen auf die Weiden vor dem Ort getrieben wurden, diesen Weg bevorzugt. Und weil das Haus an einer Kurve stand, war seine Vorderveranda gerundet, wie auch die dazugehörigen Steinstufen.

»Hier könnte ich glücklich sein«, sagte Dorcas, kaum daß sie es gesehen hatte. Richard, der ihre Hand hielt und sie von der Seite ansah, wußte, daß sie die Wahrheit sagte. Wußte auch, daß er glücklich sein würde, wenn Dorcas glücklich war.

»Es ist nicht allzu weit bis in die Stadt«, sagte er sachlich.

»Und der Bahnhof ist ganz in der Nähe, falls du mal keine Lust haben solltest, selbst zu fahren.«

»Wir müssen erst sehen, in welchem Zustand es ist.«

»Aber es sieht ideal aus für den Laden, und wir könnten oben wohnen.«

»Ein bißchen heruntergekommen, findest du nicht auch?«

»Wir könnten es in Ordnung bringen.«
»Sicher. Alles läßt sich in Ordnung bringen.«
Auf diese Weise, nach außen hin sachlich und pragmatisch, im Grunde ihres Herzens aber schon fest entschlossen, näherten sie sich der Ecke, stiegen die gerundeten Stufen hinauf und öffneten die Tür. Auf dem Schild über der Tür stand TABAKWAREN – ZEITUNGEN – GETRÄNKE. Eine Ladenglocke klingelte bei ihrem Eintritt.
»Die Glocke könnten wir vielleicht behalten«, sagte Richard zögernd und sah sich um.

Sie behielten die Glocke, aber das war auch alles. Bis zur Eröffnung von Dorcas' Laden im September war alles andere weggefegt, weggetragen oder weggekarrt. Abgesplitterte Ladentische, gesprungene Spiegel, die mit Isolierband verklebt waren, vergammelte Regale, auf denen Kartoffelchips und Knabbereien gestanden hatten, und schäbige Ständer, in denen Zeitschriften und Zeitungen aufbewahrt worden waren. Die Korkplatten an der Decke wurden heruntergerissen. Darunter kamen ein Fuß dicke Balken zum Vorschein. Die Schaufenster mit ihren vielen kleinen, quadratischen Scheiben wurden neu verglast und verkittet.
TABAKWAREN – ZEITUNGEN – GETRÄNKE mußte weichen. An seiner Stelle wiegte sich Dorcas' neues Schild sanft im Wind: DORCAS' PATCHWORK – KURZ- UND GEMISCHTWAREN – HANDARBEITEN.
»Findest du ›KURZWAREN‹ nicht herrlich?« fragte Dorcas Richard, und Richard, der Dorcas liebte, nickte.
Überall war die Zeit der Erneuerung, der Wiederentdeckung, der Wiederbelebung angebrochen. Und wie schon oft bemerkt wurde, ist der richtige Zeitpunkt alles. Dorcas' Laden wurde auf einer Welle der Nostalgie eröffnet, der Neubewertung längst vergessener Dinge. Während Antiquitätenläden alte Waschbretter zu fünfundzwanzig und alte Milchkannen zu zehn Dollar das Stück verkauften, verkaufte Dorcas Patchworkdecken, die sie selbstgenäht oder gesammelt hatte, und in der anderen Hälfte des Ladens Meter um farbigen Meter die Stoffe, aus denen die Patchworkdecken gemacht wurden. Aber viele ihrer Kundinnen zeichneten sich durch mehr Eifer als Können aus.
»Ich verstehe es einfach nicht«, sagte eine Frau stirnrunzelnd.»Ich meine, wie schaffen Sie es nur, all diese kleinen Flicken zusammenzusetzen? Ich würde so etwas auch gerne machen. Ich meine, es wäre fast wie – wie eine Aussage. An die Welt. Verstehen Sie? Aber ich

weiß nicht, wie ich es anfangen soll.«

Dorcas, die das alleine schon für eine bezeichnende Aussage hielt, behielt ihre Meinung klugerweise für sich. Statt dessen sagte sie freundlich: »Ich bin sicher, daß Sie es lernen könnten.«

»Wie haben Sie es denn gelernt?«

Dorcas kramte in ihrer Erinnerung und wußte, daß sie es sich selbst beigebracht hatte. Ihre eigenen Finger und ihr Gefühl hatten es ihr beigebracht. Nie hatte es eine Zeit gegeben, in der sie sich nicht mit einer Nadel in der Hand und Stoffresten überall um sich herum wohlgefühlt hätte.

»Ich glaube, ich habe es einfach so aufgeschnappt«, sagte sie. Dann hatte sie eine Idee. »Vielleicht könnte ich es Ihnen beibringen – und auch noch ein paar anderen, die es auch gerne lernen möchten.«

»Ein Kurs?«

»Ja, ein Kurs.« Dorcas überdachte die Idee noch einmal und kam zu dem Schluß, daß es ihr Spaß machen würde. Aber sie und Richard waren jetzt Hausbesitzer. Sie mußten eine Hypothek abbezahlen.

»Natürlich könnte ich das nicht ganz umsonst machen«, fügte sie geschäftstüchtig hinzu.

Der Kurs war ein großer Erfolg und außerdem gut fürs Geschäft. Dorcas hielt ihn spätnachmittags in einer Ecke des Ladens ab, so daß sie ein Auge auf die Theke haben und sich gelegentlich um Kunden kümmern konnte. Aber viele Frauen – und auch ein Mann, der eher schüchtern nachfragte – mußten tagsüber arbeiten und wünschten sich einen Abendkurs. Wäre Dorcas auch dazu bereit?

»Nun ja, möglicherweise«, sagte Dorcas und dachte an Richard und die gemeinsame Zeit, die sie in den Zimmern mit den niedrigen Decken über dem Laden verbrachten. »Ich lasse es mir durch den Kopf gehen.«

Einen Tag bevor sie Bescheid sagen wollte, kam eine Frau in den Laden, den Arm voll mit zusammengefalteten Patchworkdecken. Dorcas hielt sie für nicht einmal vierzig, aber sie sah hager und abgehärmt aus. Vor allem ihre Augen wirkten älter als vierzig. Weisheit lag in ihnen, wie es Dorcas schien, oder vielleicht auch nur Wissen, was natürlich auch nützlich ist, aber weniger als Weisheit. Die beiden Frauen sahen sich an und schienen auf Anhieb etwas in ihrem Gegenüber zu sehen. Es hatte einen Namen, aber keine von beiden konnte es schon irgendwie benennen. Der Name war Verständnis. Sie verstanden einander, wußten aber selbst noch nicht, daß sie es taten.

»Ich habe Ihr Schild gesehen«, sagte die Frau.

Dorcas' Augen wanderten zu den Decken, die die Frau im Arm hielt. »Sie nähen Patchworkdecken?« fragte sie.

»Ja, natürlich«, sagte die Frau, als wäre das nichts Besonderes.

»Und nun würden Sie sie gern verkaufen?« Eine vage Furcht erfüllte Dorcas, denn sie hatte seit der Eröffnung ihres Ladens eine ganze Reihe dieser ernsthaften Näherinnen kennengelernt. Zum größten Teil waren ihre Schöpfungen fürchterliche, grelle Angelegenheiten mit sehr viel Polyester in allen Schattierungen von Orange, Zitronengelb und Blutrot. Geschickte Finger, aber kein Blick für Farbe, Muster, Ausgewogenheit und Proportionen. Ein- oder zweimal hatte sie sich dazu breitschlagen lassen, die Decken in Kommission zu nehmen, und hatte sich hinterher über sich selbst geärgert, weil sie so wenig Rückgrat gezeigt hatte. Die hier werde ich nicht nehmen, wenn sie scheußlich sind, sagte sie sich. *Ich nehme sie nicht!*

»Ja, Madam, ich würde sie gerne verkaufen«, sagte die Frau.

Dorcas kam sich wichtig und ernstgenommen vor, als sie mit »Madam« angesprochen wurde. Sie machte Platz auf der Theke. »Dann wollen wir mal sehen.« Das Gefühl – immer noch ohne Namen – war noch in ihr, sogar noch stärker als vorhin. Sie begann zu hoffen, daß die Decken vielleicht doch nicht scheußlich sein würden.

Die Frau legte den Stapel auf die Theke und faltete die oberste Decke auseinander, damit Dorcas sie begutachten konnte.

Das Muster hieß Bärentatze, und es war in sanftem Rosa und Beige gehalten, mit einem dunklen Rot im Zentrum jedes Blocks. Keine der beiden Frauen sagte etwas. Die Frau legte die Decke zur Seite und faltete die nächste auf. Diese war aus Dutzenden von Farben zusammengestellt, aber so geschickt, daß jeder einzelne Flicken mit seinen Nachbarn harmonisierte. Die einzelnen Blöcke wurden von mitternachtsblauen Streifen voneinander getrennt, wodurch die Decke fast an ein Buntglasfenster erinnerte. Dorcas erkannte das Muster.

»Das Muster heißt Schraubenschlüssel, nicht wahr?«

»Ja, Madam. Ich finde den Namen nicht sehr schön. Er klingt nach gar nichts. Aber wenn man das Muster kippt, heißt es Anker. Der Name gefällt mir besser.«

»Kippt?« echote Dorcas.

»Schief legt, so ungefähr.«

»Ach so, ja, diagonal –«

Die Frau faltete die nächste Decke auf. Sterne in verschiedenen Blautönen vor einem weißen Hintergrund. »Das Muster heißt Limonenstern.«

Dorcas erkannte den Le-Moyne-Stern, aber Limonen gefiel ihr auch gut. Sie begutachtete die winzigen Stiche, die glatten Nähte, die Ecken, die sich ohne das kleinste Fältchen trafen.

»Ihre Arbeiten sind sehr gut, Mrs. – «

»Lillian Shaw.«

»Mrs. Shaw. Wirklich sehr gut. Ich würde mich freuen, sie in Kommission nehmen zu können. Wieviel wollen Sie dafür verlangen?«

»Das überlasse ich Ihnen, Madam. Was Sie auch dafür bekommen, mir soll es recht sein.«

Dorcas sah, daß Lillian Shaws Blick heimlich zu den Stoffen wanderte, die in dicken Rollen aufrecht in einem Regal hinter der Theke standen.

»Brauchen Sie Material?« fragte sie.

»Oh, nein, Madam. Nein. Wenn etwas von den Decken hier sich verkauft, kaufe ich vielleicht neuen Stoff.«

»Ich könnte Ihnen das Material jetzt überlassen und es später von dem Geld abziehen, das Sie für die Decken bekommen.«

»Aber wenn sie sich nicht verkaufen, hätte ich Schulden bei Ihnen.«

»Ich bin sicher, daß sie sich verkaufen werden.« Dorcas wußte schon einen Händler für Antiquitäten und Kunsthandwerk, der ihr so etwas Schönes gerne abnehmen würde. Sie war sicher, daß sie ihm alles würde verkaufen können. »Sie könnten es als Geschäftsinvestition betrachten.«

»Na ja – wenn Sie wirklich sicher sind –«

Sie wählte einen weichen Stoff, den Dorcas selbst liebte, in einem ganz blassen Grün mit Farnen und anderen fedrig wachsenden Pflanzen in einem dunkleren Grün. Dazu nahm sie ein Erdbeerrosa. Genau richtig, dachte Dorcas. Die Farben des Frühlings und des Wachstums. Sie beobachtete Lillian Shaws Hände, die über den Stoff strichen, als treffe sie ihre Wahl zum Teil mit den Fingern. Man sah diesen Händen an, daß sie die Weichheit und Glätte des Stoffs liebten und jetzt schon spürten, wie die fertige Decke aussehen würde.

»Welches Muster werden Sie dafür nehmen?«

»Den Baum des Lebens«, antwortete Lillian Shaw ohne Zögern. Im Kopf hat sie die Decke schon fertig, dachte Dorcas. Die beiden Frauen sahen sich noch einmal an, und es schien Dorcas, daß sie mit jedem Blick mehr über die andere Frau erfuhr. Im Augenblick zum Beispiel wußte sie, daß es für Lillian wichtig war, dieses Material mit nach Hause zu nehmen – das blasse Grün und das frische, leuchtende Rosa.

Sie brauchte es. Weil Lillian Shaw ihre Patchworkdecken aus demselben Grunde nähte, aus dem die Frauen früherer Zeiten ihre genäht haben mußten, in langen, bitteren Wintern, in kalten, einsamen Hütten. Um nicht den Verstand zu verlieren.

»Sie ist eine richtige Künstlerin«, sagte Dorcas am selben Abend zu Richard. »Aber sehr arm, das hat man gleich gesehen.«

Die beiden, die so reich gesegnet waren, dachten eine Weile darüber nach.

»Das sind Künstler oft«, warf Richard schließlich ein.

»Und glücklich ist sie auch nicht.«

»Hast du das auch gleich gesehen?«

»Ja.« Dann erzählte Dorcas ihm von dem Abendkurs, um den sie gebeten worden war. Richard dachte mit Schrecken an lange, einsame Abende ohne Dorcas.

»Vielleicht könntest du diese Frau dazu überreden, den Abendkurs zu geben«, sagte er schließlich.

Dorcas hatte selbst schon daran gedacht.

»Eine großartige Idee, Richard«, sagte sie und schlang in der Dunkelheit ihre weißen Arme um ihn.

»Es wären höchstens zwei Abende die Woche. Jedesmal ungefähr eine Stunde. Und Sie würden dafür bezahlt«, sagte Dorcas. »Wir würden eine Kursusgebühr verlangen.«

Lillian Shaw, die in den Laden gekommen war, um Garn zu kaufen, überlegte eine Weile. »Meinen Sie denn, ich kann das?«

»Natürlich. Sie brauchen den Leuten nur zu zeigen, wie Sie selbst es machen. Wie man richtig ausmißt und zuschneidet, und solche Sachen eben.«

»Kann ich Ihnen noch Bescheid geben?« fragte Lillian. »Ich müßte erst –« Sie sagte nicht, was sie erst tun müßte, aber Dorcas glaubte es zu wissen. Es gab jemanden, den sie um Erlaubnis fragen mußte.

»Aber natürlich«, sagte Dorcas und fügte hinzu: »Wohnen Sie weit weg? Ich meine, wäre es ein Problem für Sie, abends zu kommen?« Es war Winter und wurde schon früh dunkel.

»Ich wohne in der Spoon Hollow Road«, sagte Lillian. »Aber vielleicht könnte mein Sohn mich bringen.«

Das war mehr, als sie bisher über sich gesagt hatte. Jetzt hatte sie immerhin eine Adresse, unter der man sich etwas vorstellen konnte, und einen Sohn, der alt genug war, um Auto fahren zu können.

»Schön«, sagte Dorcas. »Geben Sie mir Bescheid.«
Zwei Tage später kam Lillian zurück und sagte, sie würde es versuchen.

Die kleine Gruppe von Frauen war hellauf begeistert. Lillian kam gut mit allen zurecht. Ab und zu lächelte sie sogar schon. Sie bekam zwar nicht viel Geld für ihre Arbeit, aber es schien ihr zu genügen, und Dorcas gab ihr zusätzlich Nähmaterial mit. Zweimal die Woche wurde Lillian am frühen Abend von einem Jungen in einem alten, rostigen Kleinlaster in den Laden gebracht. Der Junge hatte glattes, helles Haar, das ihm in die Stirn fiel, und er trug eine dicke, karierte Jacke, aber weder Handschuhe noch Mütze. Dorcas, die ihn durch das Fenster beobachtete, sah, wie rot seine Hände waren und wie knochig und mager seine Handgelenke wirkten. Sie sah auch, daß er jedesmal wartete, bis Lillian den Laden betreten hatte, bevor er wieder wegfuhr. Seine Augen folgten ihr mit einem Blick voller Besorgnis, bis sie sich an der Tür noch einmal umdrehte und ihm zuwinkte. Zwei Stunden später kam der Junge wieder, um sie abzuholen.

»Er heißt Edward«, erklärte Lillian.

»Er scheint ein netter Junge zu sein«, sagte Dorcas. Lillian schien sich darüber zu freuen.

»Er will zur Marine.«

»Oh?«

»Ja, er will es zu etwas bringen. Wissen Sie, etwas lernen. Und bei der Marine kann man viel lernen. Die haben Schulen und so.«

»Und wann geht er?«

Lillian sah bekümmert aus. »Ich weiß es nicht. Mir wäre es am liebsten, wenn er sofort ginge, aber er sagt nein, noch nicht. Er macht sich Sorgen –« Sie unterbrach sich und ließ den Rest ungesagt.

Und dann, eines Abends, war es nicht Edward, der sie abholen kam, sondern ein Mann, ein großer Mann, dessen breite Schultern fast die ganze Tür einnahmen, dessen Kopf fast die Ladenklingel berührte, wenn er aufrecht stand. Er trug ein kariertes Flanellhemd und darüber eine dicke Daunenjacke. Seine Augen waren schmal und kalt – sie sahen sich im Laden um, wanderten über die Stoffe, die nach Farben geordnet in den Regalen lagen und auf dem großen Zuschneidetisch ausgebreitet waren, wanderten über die Gruppe der Kursteilnehmer in ihrer Nähecke. Ihre Stimmen verstummten nacheinander, als der kalte Luftzug von der Tür her immer spürbarer wurde, und sie drehten sich um. Dorcas, die nach unten gekommen war, um sich eine Rolle

Garn für das Hemd zu holen, das sie für Richard flickte, blieb mit der Garnrolle in der Hand reglos stehen. Der Mann schwankte leicht. Mit ihm war der Geruch von Alkohol in den Laden gekommen. Sein Mund bildete eine harte Linie. Ein Gesicht wie ein Felsen, dachte Dorcas.

Lillian, die sich über Mrs. Rodmans Schulter gebeugt hatte, um ihr eine Stelle zu zeigen, die nicht ganz einwandfrei war, merkte als letzte, was los war. Als sie sich schließlich aufrichtete und zur Tür umdrehte, wurde ihr Gesicht weiß. Ohne ein einziges Wort ging sie in die Ecke, wo ihr abgetragener brauner Mantel auf einem Stuhl lag.

»Ich muß jetzt gehen«, sagte sie. Es waren die einzigen Worte, die sie sagte, während sie ihren Mantel und die gestrickte Wollmütze anzog und dann mit dem Mann durch die Tür ging. Er hatte die Tür die ganze Zeit über offengelassen, und es war jetzt bitter kalt im Laden. Dorcas, die Garnrolle immer noch in der Hand, schluckte und drehte sich zu den anderen um.

»Ich glaube, das wär's für heute abend«, sagte sie.

Auch ihr Gesicht war totenblaß, als sie wieder zu Richard nach oben ging.

»Wovor hast du Angst?« fragte er sie immer wieder, nachdem sie ihm alles erzählt hatte. »Was ist denn nur?«

Dorcas schüttelte nur den Kopf und kuschelte sich zitternd enger in seine Arme.

Zwei Tage später kam Lillian wieder in den Laden, aber am Tag. Sie war zu Fuß gekommen, vermutete Dorcas bei ihrem Anblick, denn sie hatte die Strickmütze fast bis über die Augen gezogen und sich den Schal fest um das Gesicht gewickelt. Dorcas flatterte aufgeregt um sie herum und sagte: »Lillian, Sie sehen ja völlig durchgefroren aus. Setzen Sie sich. Ziehen Sie den Mantel aus und trinken Sie einen Tee mit mir.«

»Nein, danke, ich brauche nichts«, sagte Lillian, und als sie sich langsam auswickelte, sah Dorcas die Schwellungen um die Augen, die blauen Flecken auf den Wangen, und die aufgeplatzte Oberlippe. Und Dorcas, die mit solchen Dingen sehr wenig Erfahrung hatte, deren Leben in sanften, weichen Tönen gezeichnet war, fing an zu zittern.

»Sind Sie in Ordnung, Lillian?« Und dann, obwohl sie es genau wußte: »Was ist bloß mit Ihnen passiert?«

»Ich kann den Kurs nicht mehr geben«, sagte Lillian. »Mein Mann will nicht, daß ich abends außer Haus bin.«

»Aber –« fing Dorcas an. Und dann sah sie, daß Lillian langsam die

Augen schloß, wie um einen Schmerz auszuschließen, der sich sonst nicht ertragen ließ. »Aber tagsüber können Sie doch kommen. Sie brauchen doch ab und zu neues Material, und wenn ich Ihre Decken verkauft habe, wollen Sie mir vielleicht weitere bringen. Das heißt, falls Sie noch welche haben –«

Lillian öffnete die Augen wieder, aber ganz langsam, als mache Dorcas' wild entschlossener Optimismus sie nur müde. »O ja«, sagte sie. »Ich habe noch welche.«

»Also dann – wenn Sie sich davon trennen würden –«

»Mich davon trennen?« Bitterkeit klang in der müden Stimme mit. »O ja, ich würde mich davon trennen.«

»Sehen Sie? Dann werden wir uns ja doch noch zu sehen bekommen.« Dorcas, die sehr wohl erkannte, was in den Augen der anderen Frau lag, konnte dennoch nicht anders, als mit ihrer eigenen Farbpalette zu malen, zu versuchen, Tupfer in blassem Rosa und sonnigem Gelb zu setzen. »Alles wird gut werden, Lillian. Sie werden schon sehen.«

Richard war entsetzt, als sie ihm von Lillian erzählte, obwohl er sich Mühe gab, es sich nicht anmerken zu lassen. Aber dauernd sah er Dorcas vor sich, ihre weiche Haut voller blauer Flecken, ihr schönes Gesicht verquollen.

»Wie kann ein Mann nur so etwas tun?« fragte er zornig. »Er hat doch gewußt, daß sie hierher kam, oder?«

»Ja, natürlich. Sie hat mir gesagt, daß sie ihn fragen muß.« Dorcas schwieg. »Das heißt, nein, das hat sie nicht. Sie hat nur gesagt ›Ich müßte erst –‹« Was mußte sie erst? »Ich habe gedacht, sie meinte damit, sie müßte erst ihren Mann fragen. Aber vielleicht hat sie gemeint, sie müßte erst eine Möglichkeit finden, es zu tun, ohne daß er etwas davon erfährt.« Sie sah Richard an. »Und dann hat er es doch gemerkt.«

Die Geschäfte in Dorcas' Laden gingen gut. Der Winter näherte sich seinem Ende. Der März brachte scharfen Wind und den letzten Schnee des Jahres, schwer und feucht. Die Äste der Bäume brachen unter seinem Gewicht, und eine Weile gab es keinen Strom. Dorcas und Richard zündeten Kerzen an und saßen eng aneinandergeschmiegt vor dem Kamin. Nach dem Schnee kam Regen, und auf den Hügeln um das Dorf herum waren die ersten schneefreien braunen Flecke zu sehen. Die Nächte waren immer noch kalt, aber in den sonnigen Tagesstunden taute es. Dorcas zog ihre Stiefel an und spazierte durch den kleinen Garten hinter dem Haus. Sie sah Spuren von Waschbären, wie winzige menschliche Hände und Füße, die kreuz und quer über das bißchen Schnee verliefen, das immer noch lag. Es gab auch Stinktierspuren, breit und weniger gewunden.

Lillian Shaw kam nicht in den Laden zurück.

Der Händler, der Lillians Patchworkdecken übernommen hatte, verkaufte sie und schickte Dorcas einen Scheck. Dorcas überlegte, ob sie Lillian das Geld schicken sollte. Aber immer wieder sah sie den Mann mit dem steinernen Gesicht und den kalten Augen vor sich. Sie beschloß zu warten. Sie machte sich eine Notiz über den Betrag – Schuld an Lillian Shaw, schrieb sie – und legte den Zettel in die Kasse. Als der Händler anrief und fragte, ob es noch mehr von den Decken gäbe, sagte Dorcas, sie würde ihm Bescheid geben.

Der Wind verlor seine Schärfe. Die Birken zeigten grüngelbe Knospen. Die Krähen kamen aus den Wäldern hinter dem Dorf, suchten ihr Futter auf den schneefreien Flecken und versammelten sich laut lärmend in den Kiefern, um den Frühling zu beschwatzen. Überall Schlamm und Matsch. Tagtäglich mehrten sich die Anzeichen des Frühlings, obwohl die Menschen auf den Straßen sich wie jedes Jahr gegenseitig versicherten, der Frühling sei dieses Jahr aber wirklich ungewöhnlich spät dran.

Dann, an einem Sonntag im April, als die Narzissen sich schon durch das Laub des letzten Jahres drängten, raste das Auto des Sheriffs in offensichtlicher Eile durch das Dorf. Richard ging aus, um die Sonntagszeitung zu kaufen, und erfuhr, daß ein Mann namens Reuben Shaw tot am Fuß der Kellertreppe des alten Farmhauses in der Spoon Hollow Road aufgefunden worden war, in dem er mit seiner Familie lebte. Seine Frau war auf den Feldern hinter dem Haus gewesen, um Löwenzahnblätter zu sammeln. Als sie fertig war und ins Haus zurückkam, hatte sie ihn gefunden. Der Korb mit den Löwenzahnblättern lag neben der Leiche des Mannes.

Später war zu hören, daß der Sheriff den Todesfall untersucht und bestätigt hatte, Reuben Shaw sei an einer Kopfverletzung gestorben. Der Sheriff wies auf ein vorstehendes, gemauertes Regal hin, das im Keller eingebaut war. Früher hatte man in solchen Regalen Vorräte aufbewahrt. Zweifellos hatte der Mann sich beim Fallen den Kopf an diesem Regal eingeschlagen. Man fand Blutspuren an der Kante. Zuerst hatte man vermutet, der Mann hätte vielleicht Einbrecher überrascht, denn in letzter Zeit hatte es mehrere Einbrüche gegeben. Und in diesem Fall, sinnierte der Sheriff, konnte es durchaus sein, daß der Mann erst niedergeschlagen und dann die Kellertreppe hinuntergestoßen worden war. Aber sehr unwahrscheinlich, verwarf der Sheriff seinen eigenen Gedankengang. Shaw war ein großer, kräftiger Mann. Er hätte sich sicher nicht so ohne weiteres von zwei Einbrechern überwältigen lassen. Und dazu noch am hellen Tag? Nein, seiner Meinung nach mußte es ein Unfall gewesen sein. Und Unfall stand auch in seinem Bericht. Jeder wußte, daß Shaw ein Trinker war. Er roch nach Alkohol, als man ihn fand.

An einem Tag im Mai kam Lillian Shaw mit ihrem Sohn Edward in den Laden. Der Junge trug einen Stapel achtlos zusammengefalteter Patchworkdecken in den Armen.

»Lillian! Ich freue mich, Sie zu sehen!« rief Dorcas und schwieg dann, weil Lillian ihr irgendwie verändert vorkam. Bedrückt, in sich verschlossen. Nicht unglücklich oder besorgt. Nein, nur ruhig und ernst.

»Sie haben gesagt, daß Sie noch Decken brauchen können«, sagte Lillian.

»Ja, natürlich. Ach, Lillian, ich habe Sie vermißt«, konnte Dorcas sich nicht verbeißen zu sagen. Dann wandte sie sich an den Jungen. »Hallo, Edward.« An diesem warmen Maitag sah auch er anders aus. Er hatte die Ärmel seines blauen Hemdes aufgekrempelt, und sein Haar war vom Wind zerzaust. Er lächelte auf seine stille Art und legte die Decken auf die Theke.

»Und ich habe Geld für Sie. Von den anderen Decken, die Sie mir damals gegeben haben.« Dorcas schrieb eilig einen Scheck aus und gab ihn Lillian. Lillian sah ihn lange an. »Danke«, sagte sie leise. Dann fügte sie hinzu: »Edward fährt morgen weg.«

»Oh?«

»Zur Marine. Er wollte das ja schon lange.«

»Ich weiß, Sie haben es mir erzählt. Viel Glück, Edward. Und Sie müssen unbedingt wieder öfter kommen, Lillian. Jetzt, wo Sie allein sind. Das werden Sie doch, nicht wahr?«

Lillians Mundwinkel hoben sich kaum merklich. Der Schatten eines Lächelns, nicht mehr. Sie senkte den Kopf als Bestätigung der Einladung. Eine Art Dank. Vielleicht, bedeutete das, aber sie sagte nichts. Dorcas drängte sie nicht. Dann sah Lillian sie an. Ihre Augen trafen sich. Und da war es wieder, dieses gegenseitige Erkennen. Dieses Verstehen. Dorcas wußte, daß Lillian Shaw von nun an nur noch das tun würde, was sie selbst wollte. Kraft und Stärke strahlten von ihr aus wie die Aura eines Mediums, brachten Glanz in das stumpfe Haar, strafften die müden Schultern. Dorcas schluckte. Eisige Kälte breitete sich langsam in ihr aus und kam an ihren Armen zum Ausbruch, wo die kleinen Härchen sich sträubten.

»Möchten Sie neues Material mitnehmen?« fragte sie, aber nur um etwas zu sagen, denn sie kannte die Antwort bereits.

»Nein«, sagte Lillian leise. »Ich brauche nichts.«

Am selben Abend ordneten Richard und sie die Patchworkdecken. Dorcas legte sie immer wieder anders hin, bis sie sicher war, die richtige Reihenfolge gefunden zu haben.

»Das hier ist natürlich die erste«, sagte sie. »Das Muster heißt Zweifacher Ehering.«

»Ja. Und diese hier?«

»Die heißt Sägezahn.«

»Wieso kommt sie als nächste?«

»Oh – sie bedeutet Erkenntnis, scharfe Kanten, Schmerz.«

»Könnte sein. Und dann?«

»Welt ohne Ende. Das ist diese Decke hier.«

»Hoffnungslosigkeit?«

»Ja. Aber dann, siehst du, kommen die Fliegenden Gänse.«

»Das verstehe ich nicht.«

»Träume, denke ich. Sie muß geträumt haben.«

»Und was ist mit der nächsten?«

»Die heißt Weg der Trunkenheit.«

»Der Name erklärt sich von selbst«, sagte Richard.

»Und diese hier heißt Sturm auf See.«

»Sturm auf *See?*«

»Na ja, die Betonung liegt auf Sturm. Schreckliche Turbulenzen. Unentschlossenheit.«

»Und die letzte?«

»Ja, die letzte.« Dorcas entfaltete den Baum des Lebens. Die Decke lag vor ihnen, über ihre Knie gebreitet, schimmerndes Grün und lebhaftes Rosa, die kleinen Bäume aus grünen Dreiecken gemacht, alle hergestellt mit Tausenden von winzigen Stichen, und alle streckten sich, reckten sich der Sonne entgegen.

»Das ist Edward«, flüsterte Dorcas. »Es ist ihre Liebe für ihn. Das bedeutet diese Decke. Sie ist eine Chance für ihn.«

Richard sagte langsam: »Glaubst du – ich meine, könnten sie vielleicht, die beiden zusammen –«

Aber Dorcas war plötzlich aufgesprungen. Der Baum des Lebens fiel von ihrem Schoß, und sie bückte sich, um die Decke aufzuheben.

Faltete sie mit knappen, abgehackten Bewegungen. Ihr Mund war schmal, eine strenge Linie, wie Richard ihn noch nie zuvor gesehen hatte.

»Du hast doch gehört, was der Sheriff gesagt hat.« Es war eine scharfe, harte Stimme, die Richard ebenfalls neu war. »Mehr weiß ich nicht. Mehr will ich nicht wissen.«

Richard hatte das Gefühl, daß er hier vor einem furchterweckenden weiblichen Geheimwissen stand, einem geheimen Freimaurerbund, aus dem er ausgeschlossen war, und er beschloß hastig, niemals wieder davon zu sprechen.

Originaltitel: PATCHWORK, 13/85
Übersetzt von Brigitte Walitzek

Stephen Wasylyk

Kalter Mord und heiße Würstchen

Harry plazierte die Wurst auf das Brötchen, legte die Zange aus der Hand, drehte sich um und reichte den Hot Dog dem Jungen mit dem zerzausten Haar, der neben der Karre stand.

Als er die Münzen des Jungen entgegennahm, wanderten seine Augen kurz von der klebrigen Hand zu der kleinen Gruppe von Leuten an der Ecke, die darauf warteten, die Straße zu überqueren, und genau in diesem Moment sah er, wie ein großer Mann in blauem Blazer und Button-down-Hemd ohne Krawatte etwas Dünnes, Glänzendes mit Schwung in den Rücken eines gedrungenen, fast kahlköpfigen Mannes vor ihm stach.

Der Rücken des kahlen Mannes krümmte sich, eine Hand griff nach der schmerzenden Stelle, aber er gab keinen Laut von sich.

Der Mann im blauen Blazer zog den dünnen Gegenstand aus dem Rücken des Kahlen und ließ ihn anscheinend in seinem Ärmel verschwinden. Er drehte ganz langsam und ungezwungen seinen Kopf, sein starrer Blick kreuzte sich einen winzigen Moment mit dem Harrys, und dieser Blick war so eisig, daß Harry kalt ums Herz wurde.

Der kahle Mann schob mehrere Leute zur Seite, als er langsam zusammenbrach, und zog empörte Blicke auf sich.

Harry schaute verständnislos drein. Was er gesehen hatte, blieb an der Oberfläche seines Bewußtseins, konnte durch den Schock nicht tiefer eindringen. Unterdessen machte der Mann im blauen Blazer einen Bogen um die Menschenansammlung und verschwand. Zurück blieb der kahle Mann, der in seinem beigen Kammgarnanzug und mit blankgeputzten braunen Schuhen ausgestreckt auf dem Straßenpflaster lag, umringt von Leuten, die teilnahmslos auf ihn herabstarrten.

Eine Frau in mittlerem Alter beugte sich über ihn. Ihre Stimme war schrill. »Vermutlich ein Herzanfall. Kennt sich jemand in erster Hilfe aus?«

Harry wandte sich wie betäubt wieder seiner Karre zu. Nur im Rücken spürte er ein Kribbeln, eine Art Gänsehaut an der Stelle, wo er den dünnen Gegenstand durch die Jacke des kahlen Mannes hatte eindringen sehen.

Gift? Eine Droge? Das spielte keine Rolle. Er hatte einen Mord beobachtet, und wenn der Junge ihn nicht veranlaßt hätte, sich umzudrehen –

Mit geschlossenen Augen stützte er sich beidhändig auf die Karre, er hatte kein Gefühl mehr in den Beinen, und sein Gehirn war auf dieses Bild fixiert wie die Standbildschaltung eines Videorecorders.
Er weiß, daß du ihn gesehen hast, Harry. Was machst du jetzt?
Er spähte über seine Schulter. Der Kreis von Leuten war gewachsen und versperrte ihm die Sicht. Eine Sirene kam heulend näher.
Du mußt es der Polizei sagen, Harry.
Auf keinen Fall. Ein Zeitungsbericht, ein Reporter im Fernsehen, der sagte, daß die Polizei einen Zeugen hatte, und der Mann im blauen Blazer würde wissen, wer das war.
Der Gedanke an diese starren Augen und daran, wie geschickt und kaltblütig der kahle Mann getötet worden war, verursachte ihm ein hohles Gefühl im Magen.
Ein junger Bursche in kariertem Hemd klopfte ungeduldig mit einer Münze. »Wie wär's mit einem Hot Dog, Mann?«
»Sofort«, sagte Harry. Seine Hand zitterte, als er nach dem Brötchen griff.
Der junge Bursche deutete auf das Gedränge. »Was ist denn da los?«
»Ein Herzanfall, glaube ich.« Harrys Hand zitterte noch immer, als er ihm den Hot Dog reichte.
»So geht es nun mal«, sagte der junge Bursche. Er hielt den Hot Dog mit beiden Händen und zwängte sich durch die Menge, um sich das näher anzusehen.
Du hast ihn angelogen, Harry.
Harry knallte den Deckel aus rostfreiem Stahl auf die dampfenden Würstchen. Sicher. Sollte er ihm sagen, der kahle Mann sei ermordet worden?
Okay, Harry. Was nun?
Nichts wie weg hier, und nie wieder herkommen.
Tja, Harry. Ein Jahr ohne Arbeit. Hast dir ein Bein für den Kredit ausgerissen, um dieses Fuhrwerk zu bauen. Bist drei Monate herumgekreuzt, um einen guten Standplatz zu finden, der noch nicht besetzt war. Hast dir Paulas Vorwürfe über die Kreditraten angehört, und ihr ewiges »Wann tust du endlich etwas Nützliches, Harry?«. Das ist die beste Ecke, die du ausfindig gemacht hast. Diesen Monat kannst du zum ersten Mal die Rate für den Kredit alleine aufbringen. Dir vielleicht Paula vom Hals schaffen. Und wohin willst du gehen? Wo kannst du dich verstecken? Ein Würstchenverkäufer und seine Karre können sich nicht verstecken, Harry.

Wenn er seinen Mund hielt, würde der Mann im blauen Blazer vielleicht einsehen, daß er nichts zu befürchten hatte, und ihn in Ruhe lassen.

Sicher, Harry. Und vielleicht erholt sich die Firma von ihrem Bankrott und macht dich zum Generaldirektor.

Er begann einzupacken und seine Sachen mit geübter Hand zu verstauen. So klein die Karre auch war, sie faßte genug Vorräte für einen ganzen umsatzstarken Tag. Er hatte sie so entworfen.

Er wußte nicht, was ihn dazu bewogen hatte, als Wurstverkäufer auf die Straße zu gehen, und als ihm klargeworden war, wieviel die Erstausrüstung kostete, hätte er fast aufgegeben.

Statt dessen hatte er seinen Taschenrechner hervorgeholt, einen Schreibblock und einen Bleistift, und das Ergebnis war die Karre: leicht, kompakt, einfach zu bewegen und ohne einen Zentimeter vergeudeten Raum; eine Kiste aus glänzendem, rostfreiem Stahl, angetrieben von der Fahrradhälfte, die er vorne daran befestigt hatte. Es wäre einfacher gewesen, hinter dem Wurstbehälter zu sitzen und in die Pedale zu treten, aber er hatte beschlossen, daß ihm auf dem Heimweg, nachdem er den ganzen Tag Hot Dogs serviert hatte, der Wurstgeruch nicht ins Gesicht wehen sollte.

Ein Lastwagen rumpelte vorbei, und die Karre bebte.

Wie Harry innerlich auch.

Er stand am Fenster, als Paula aus dem Wagen stieg, die Tür schloß und sich vorbeugte, um dem Fahrer lächelnd zuzuwinken, einem Mann namens Griggs, Kollege aus ihrem Büro, der sie jeden Morgen abholte und am Ende des Tages nach Hause brachte.

Er mochte Griggs nicht.

Paulas einziger Kommentar dazu war: Würdest du lieber Geld für Bus und U-Bahn ausgeben, Harry, obwohl ich die einzige in diesem Haus bin, die arbeitet?

Sie kam über den Rasen; blond, schlank, schick gekleidet, die plissierte Bluse noch makellos, mit beschwingtem Schritt – ein in Schönheitssalons und Kleidergeschäften fabrizierter Abklatsch der Frauen in den Modemagazinen.

Er drehte den Fernseher an, um die ersten Abendnachrichten mitzubekommen, deren Moderator sich mit leiernder Stimme über die Krise des Tages ausließ. Morgen würde ihm der Teleprompter eine neue soufflieren. Das hatte Harry herausgefunden, als er arbeitslos war und Tag für Tag vor dem Fernseher hockte.

Eines Nachmittags war ihm klargeworden, daß er da einem Mann zuschaute, der zweihunderttausend Dollar im Jahr dafür bekam, daß er versuchte, besorgt zu klingen, was jedem schwerfallen mußte, der so viel Geld verdiente und den die ganze Sache überhaupt nichts anging.

Das war der Tag, an dem er beschlossen hatte, die Karre zu bauen.

Paula ließ ihre Handtasche auf den Tisch fallen und hob ihre Hände, um einen Ohrring abzunehmen.

»Na, Harry, wieviel Geld haben wir heute bei deinem kleinen geschäftlichen Abenteuer verloren?«

Seine Stimme war dünn. »Ich habe gesehen, wie ein Mann ermordet wurde.«

Sie musterte ihn kritisch, die Hände noch an ihrem Ohr.

»Du machst Witze.«

»An einer Straßenecke, bei hellem Tageslicht und mit einem Dutzend Leuten drumherum, und ich war der einzige, der es gesehen hat.«

Sie nahm den Ohrring langsam ab und griff nach dem anderen.

»Was meint die Polizei dazu?«

»Ich habe der Polizei nichts gesagt.«

Sie hielt die Ohrringe einen Moment in ihrer offenen Hand, bevor sie sie mit leisem Klappern auf den Tisch fallen ließ.

»Bist du nicht derjenige, der sich immer über die Leute beklagt hat, die sich aus allem heraushalten möchten, wenn sie etwas gesehen...«

Er hielt eine Hand hoch und deutete auf den Fernseher.

Der Moderator sprach mit salbungsvoller Stimme über einen Rechtsanwalt namens Ritter, der an einer Straßenecke in der Innenstadt zusammengebrochen und gestorben war. Als Ursache wurde ein Herzanfall vermutet. Wie die Polizei sagte, hatte Ritter es durch die Verteidigung bekannter Persönlichkeiten aus der Unterwelt zu einer großen Praxis gebracht.

Harry schaltete den Fernseher ab.

»Er hat nicht gesagt, daß der Mann ermordet worden ist, Harry.«

»Die Nachrichtenleute wissen nur, was die Polizei ihnen sagt, und die Polizei weiß es wahrscheinlich noch nicht. Der Mann ist mit einem dünnen Instrument, an dem Gift oder eine Droge war, das weiß ich nicht, von einem anderen Mann in den Rücken gestochen worden, der aussah wie ein Börsenmakler auf Urlaub.«

»Wenn du dessen sicher bist, was du gesehen hast, verstehe ich nicht, warum du es der Polizei nicht gesagt hast.«

Harry sank müde in einen Sessel und rieb sich die Stirn. Die Kopfschmerzen hatten ihn auf dem Heimweg erwischt, und das Aspirin wirkte noch nicht.

»Entweder spreche ich Hindustani, oder du hörst mir nicht zu. Ich habe dir doch gesagt, daß ich *der einzige* war, der es gesehen hat. Jetzt rate mal, wer als nächster auf der Liste des Killers steht.«

»Um so mehr Grund, zur Polizei zu gehen. Sie wird dich beschützen.«

»Wie denn? Ich stehe an Straßenecken und verkaufe Würstchen. Ich bin draußen, im Freien, Paula, und das bedeutet, daß zwischen mir und jedem, der an die Karre kommt oder beschließt, aus einem Fenster auf mich zu schießen, nichts ist, absolut nichts. Selbst wenn die Polizei daran etwas ändern könnte, wie lange würde sie das aufrecht erhalten? Zuerst müssen sie ihn einmal finden und ihn dann einlochen. Bei unserem schnellen Rechtssystem dauert es ein Jahr oder länger bis zum Prozeß, und während dieser Zeit läuft er auf Kaution frei herum. Und selbst wenn sie ihn tatsächlich einsperren, bin ich nicht sicher. Jemand hat ihn angeheuert, um Ritter zu töten, und diese Leute können jederzeit jemand anderen anheuern, um mich zu töten.«

Sie legte eine kühle Hand auf seine Stirn, wie eine Mutter, die ihr Kind beruhigt.

»Du siehst immer alles viel zu dramatisch, Harry, wie in einem schlechten Drehbuch. Ich gehe jetzt duschen und denke ein bißchen darüber nach. Dann essen wir zu Abend und reden darüber.«

Seit einem Jahr hatte er nichts unternommen, ohne daß sie duschen ging und ein bißchen darüber nachdachte – außer der Sache mit der Würstchenkarre, und das ließ sie ihn nicht vergessen. Aber diese Karre zu bauen und damit herumzuziehen, war das einzig Befriedigende, was er seit der Schließung der Fabrik getan hatte.

Und ausgerechnet jetzt mußte ihm dieser Mann im blauen Blazer in die Quere kommen.

Er lehnte sich zurück. Sein Kopf pochte vor Schmerz.

Sie kam in einem unförmigen Hauskleid und mit riesigen Fellpantoffeln an den Füßen die Treppe herunter. Es gab mal eine Zeit, da hätte sie etwas Durchsichtiges mit Spitzen und Rüschen getragen, aber damals war sie nur eine einfache Sekretärin. Offenbar trugen Büroleiterinnen nichts Durchsichtiges mit Spitzen und Rüschen.

»Was möchtest du zum Abendbrot, Harry?«

»Mir ist der Appetit an dieser Ecke vergangen.«

Sie setzte sich ihm gegenüber. »Reagierst du nicht ein bißchen

übertrieben auf diese Situation?«
»Nur ein bißchen. Wie schwer kann es schließlich schon sein, mit dem Gedanken fertig zu werden, daß da draußen jemand herumläuft, der mich umbringen wird, sobald er kann?«
»Gar nicht schwer, wenn man gesunden Menschenverstand anwendet. Er weiß nicht, wer du bist, und er kann dich nicht finden, wenn du nicht an diese Ecke zurückgehst. Ich habe es dir schon oft gesagt. Du hast es nicht nötig, mit dieser lächerlichen Karre durch die ganze Stadt zu ziehen und Leute abzufüttern, die unkultiviert genug sind, auf der Straße zu essen. Such dir eine richtige Arbeit.«
Die Kopfschmerzen konzentrierten sich über seinen Augen.
»Du wirst es nicht verstehen«, sagte er langsam, »aber ich verdiene meinen Lebensunterhalt mit dieser Karre. Ich denke nicht daran, das aufzugeben, weil so eine starräugige Abart von Mensch die Absicht hat, mich zu töten. Außerdem habe ich das Gefühl, ich weiß nicht warum, daß diese Karre mir etwas einbringen wird, was ich mir schon immer gewünscht habe.«
»Und das wäre?«
»Vielleicht Freiheit.«
»Du hast recht. Das verstehe ich nicht«, sagte sie. »Aber wenn du es so haben willst, mußt du zur Polizei gehen. Sie werden dich im Auge behalten, weil sie hoffen, daß der Mann tatsächlich versucht, dich zu töten. Das ist vermutlich der einzige Weg, ihn zu fangen.«
»Du willst, daß ich als Köder diene?«
»Nein. Ich will, daß du die ganze Sache sausen läßt, aber wenn du darauf bestehst, so dumm zu sein, dann soll es wenigstens einem guten Zweck dienen. Laß die Polizei dich beschützen. Ich möchte bestimmt nicht, daß du an einer schmutzigen Straßenecke umgebracht wirst, während du Hot Dogs verkaufst. Es ist mir weiß Gott schon peinlich genug, im Büro als die Frau des Würstchenverkäufers bekannt zu sein.«
Sie erhob sich. »Ich ziehe mich an. Wir gehen zusammen zur Polizei.«
»Ich bin in der Lage, das alleine zu tun.«
Mit einer Hand auf dem Geländer und einem Fuß auf der ersten Stufe blieb sie stehen. »Natürlich bist du das, aber du denkst wie gewöhnlich nicht nach. Wenn du alleine mit einer solchen Geschichte hereinspaziert kommst, werden sie dich für einen von diesen Geistesgestörten halten, der ein bißchen Publicity sucht. Wenn ich dabei bin, werden sie dich ernst nehmen. Wir werden die ganze Angelegenheit in

ihre Hände legen. Sie werden schon wissen, was sie zu tun haben. Schließlich ist das ihr Job, oder nicht?«

Er sah zu, wie die riesigen Fellpantoffeln die Treppe hinauf verschwanden, und ihm mißfiel die Art und Weise, in der sie weibliche Füße zu elefantösen Monstrositäten verwandelten. Wer immer diese Dinger entworfen hatte, mußte Frauen hassen. Andererseits sollte er sich als privilegiert betrachten: er war der einzige, dem es vergönnt war, sie damit zu sehen.

Vergiß die Pantoffeln, Harry. Sie ist fest entschlossen. Du gehst gleich zur Polizei. Du solltest lieber hoffen, einen guten Polizisten zu erwischen.

Sie würde nie begreifen, daß bei manchen Leuten, nur weil sie einen bestimmten Job hatten, daraus nicht notwendigerweise folgte, daß sie ihn gut machten oder auch nur gut machen wollten. Falls er an einen Begriffsstutzigen geriet oder jemanden, der sich nur dafür interessierte, die Tage bis zu seiner Pensionierung zu zählen, war sie morgen um diese Zeit Witwe.

Sie würde nicht trauern. Sie wäre bestimmt zu beschäftigt damit, sich zu vergewissern, daß das schwarze Kleid und die Accessoires von einem anerkannten Modeschöpfer stammten.

Auf dem Heimweg behielt sie den Rückspiegel im Auge. »Sie folgen uns, wie sie es gesagt haben, also nehme ich an, daß sie die ganze Nacht vor dem Haus parken werden.«

Er grunzte. Sie hatte recht gehabt. Sie hatten ihm nicht geglaubt, bis sie ihnen gesagt hatte, sie sollten das Leichenschauhaus anrufen und Ritters Rücken nach einer kleinen Einstichwunde untersuchen lassen. Nachdem sie das getan hatten, behandelten sie ihn mit deutlichem Respekt.

Die Wunde hatte nur wenig geblutet, und durch die Jacke des Mannes war überhaupt kein Blut gedrungen, daher hatte niemand sie bemerkt. Sie wäre bei der Autopsie entdeckt worden, aber das wäre erst spät am nächsten Tag gewesen.

Drei Stunden waren mit der Beantwortung von Fragen auf ein Tonbandgerät, dem Durchblättern von Verbrecheralben und der Arbeit mit einem Künstler vergangen, der Plastikfolien zu unterschiedlichen Kombinationen zusammenschob, bis sie ein Bild formten, das in etwa dem Manne im blauen Blazer ähnelte.

Als das vorbei war, fühlte er sich ausgelaugt und gerädert. Tief im Innern hatte er gehofft, sie würden einen Plan auftischen, der ihn von dieser Ecke fortbrachte, aber als sie hörten, daß er beabsichtigte, am nächsten Tag dort zu stehen, waren sie voll und ganz dafür.

»Sie werden keine Uniformierten sehen, die herumstehen und ihre Abzeichen polieren, aber wir werden da sein«, sagte einer. »Wenn der Kerl auftaucht, schnappen wir ihn.«

Sicher würden sie das. Aber warum fühlte er sich noch immer, als würde ihm nie wieder warm werden?

Paulo bog in die Auffahrt ein. »Ich gehe sofort ins Bett. Sie wollen, daß wir morgen unseren Geschäften wie gewohnt nachgehen, aber ich werde nicht viel schaffen, wenn ich daran denken muß, wie du an dieser Ecke da stehst.«

»Das ist das Netteste, was du mir seit Monaten gesagt hast«, sagte er.

»Jeder macht sich seine Probleme selber, Harry. Das habe ich dir schon oft gesagt. Ich nehme an, du hast die Absicht, noch wach zu bleiben und dir Gedanken zu machen?«

»Ich habe noch ein bißchen an der Karre zu basteln.«

»Du und diese Karre! Das ist genau, was ich meine. Wenn du sie nie gebaut hättest, hätten wir dieses Problem nicht.«

»Vielleicht hätten wir immer ein Problem«, murmelte er.

»Du hast dir in letzter Zeit angewöhnt, vor dich hin zu nuscheln, Harry. Das ist kein gutes Zeichen.

»Danke für den schönen Abend«, sagte er. »Vielleicht treffen wir uns bald mal wieder.«

Er fand sich gegen halb elf an der Ecke ein, um genügend Zeit zu haben, die Karre herzurichten und die Würstchen heiß zu machen, so daß er für den ersten Andrang zu Mittag bereit war. Eins stand außer Frage: Allein die Tatsache, daß er da an der Ecke stand, verstärkte die Kälte in ihm.

Falls Polizisten da waren, konnte er sie nicht erkennen – außer dem Stadtstreicher, der etwa zehn Meter weiter mit dem Rücken an ein Haus gelehnt dasaß, aber andererseits war der schmutzig genug, um echt zu sein.

Er wußte nicht, wo sie waren, doch er zweifelte nicht daran, daß sie den Mann im blauen Blazer schnappen würden, wenn er auftauchte. Er zweifelte auch nicht daran, daß es zu spät sein würde, um ihm zu helfen. So wie der Mann im blauen Blazer vorging, wäre er bestimmt schon drei Meter weiter, bevor jemand merkte, daß Harry tot war.

Ein kleiner Mann in einem gestreiften Straßenanzug verlangsamte seinen Schritt, als er vorbeiging, blieb stehen und kam zurück.

Harry spürte, daß sich seine Magenmuskeln verkrampften. Klein, dünn, mit einem Anflug von Grau an den Schläfen, war dieser Mann nicht der Typ, der um elf Uhr morgens an Straßenecken Hot Dogs ißt.
Sei vorsichtig, Harry.
Der Mann lächelte. »Kann ich einen Augenblick mit Ihnen reden?«
»Kommt drauf an, worüber Sie reden wollen.«
»Wo haben Sie diese Karre her?«
»Die habe ich gebaut, weil ich mir nicht leisten konnte, eine zu kaufen.«
»Selber entworfen?«
»Bis auf die Gummireifen.«
Der Mann ging langsam rund um die Karre, und Harry drehte sich mit ihm, um ihn im Blick zu behalten. Niemand sonst um sie herum schien sich für sie zu interessieren.
Ich habe es ja gesagt, Harry. Du bist allein.
»Was soll die Fragerei?« Voller Unbehagen verlagerte er sein Gewicht von einem Fuß auf den anderen.
»Ich besitze eine Firma, die solche Dinger herstellt. Haben Sie was dagegen, mir zu zeigen, wie Sie das System innen angelegt haben?«
»Ja, ich habe was dagegen.«
Der Mann lächelte. »Das sehe ich ein. Warum verkauft jemand wie Sie Hot Dogs?«
»Sie hören sich an wie meine Frau.«
Der Mann lachte leise. »Und was sagen Sie ihr?«
»Daß ich es satt habe, mir einen Job zu suchen.«
Der Mann griff in seine Westentasche. Harry trat einen Schritt zurück.
»Warum sind Sie so nervös?«
»Sie greifen nicht nach Geld.«
»Vielleicht doch.« Der Mann reichte ihm eine Geschäftskarte. »Wenn Sie einen Job wollen, besuchen Sie mich doch mal. Sie mögen dieses Ding zwar selbst gebaut haben, aber es ist verdammt gut gemacht und könnte vermutlich mit ein paar kleinen Veränderungen das Ausgangsmodell für eine Serie sein. Sind Sie zufällig Ingenieur?«
»Sogar ein guter, bis die Firma dichtgemacht hat.«
»Hören Sie –« Der Mann hob die Augenbrauen. »Wie ist Ihr Name?«
»Harry.«
»Hören Sie, Harry. Ich habe schon lange vor, eine Karre dieser Größe in unsere Produktion aufzunehmen, denn ich glaube, dafür ist

ein großer Markt vorhanden. Wie Sie selber sagten, konnten Sie sich die, die im Angebot sind, nicht leisten. Diese hier ließe sich wahrscheinlich zum halben Preis unseres billigsten Modells verkaufen. Sind Sie interessiert?«

Das könnte ein Trick sein, Harry.

»Ich werde es mir überlegen.«

»Überlegen Sie aber nicht zu lange. Nachdem ich jetzt Ihre Karre gesehen habe, könnte ich mit einer eigenen herauskommen.«

Harry warf einen kurzen Blick auf die Karte. »Sobald ich die erste sehe, die wie diese aussieht, werden Sie verklagt, Mr. Powell.«

Powell lachte und streckte seine Hand aus. »Ich mag Ihre Art, Rufen Sie nur vorher an, um sicher zu sein, daß ich da bin.«

Harry entspannte sich, als Powell weiterging. Der Firmenname auf der Karte war bekannt, also war Powell vermutlich der, für den er sich ausgab. Verdammt. Er hatte immer gewußt, daß diese Karre ihm etwas einbringen würde.

Voller Selbstzufriedenheit über Powells Angebot und beschäftigt mit frühen Mittagskunden, die plötzlich eine lange Schlange bildeten, vergaß er die Kälte in seinem Innern, vergaß, im Auge zu behalten, wer an die Karre kam, und sah nur Hände und Münzen, bis eine Pause eintrat, die lang genug war, um hastig den Dampfkessel neu zu füllen.

Aus dem Augenwinkel sah er einen dunklen Nadelstreifenanzug und drehte sich mit einem Lächeln halb um – und erkannte, daß der Fehler, den er nicht hätte machen dürfen, ihn bereits ins Grab zu bringen drohte.

Denn die Hände des Mannes im Nadelstreifen waren in Bewegung, die linke erhoben und ausgestreckt, als deute er auf etwas, das er haben wollte, in Wirklichkeit aber, um die andere Hand zu verbergen, die einen kleinen, mit Schalldämpfer versehenen Revolver unter der Jacke hervorzog.

Mach schnell, Harry!

Gerade als die Waffe sich auf ihn richtete und hustete, duckte er sich zur Seite und drückte verzweifelt mit dem Fuß auf ein kleines Pedal an der Seite der Karre.

Aus einem Röhrchen, das oben aus der Karre ragte, zischte dem Mann im Nadelstreifen ein starker Dampfstrahl ins Gesicht. Der Mann schrie vor Schmerz auf, und auf der anderen Straßenseite ging ein Schaufenster zu Bruch. Die Geräusche vermischten sich, während Harry wild an der Karre zerrte und sie auf den Mann im Nadelstreifen kippte, den er auf diese Weise mit heißem Wasser übergoß und mit dampfend heißen Würstchen, Ketchup, Brötchen, Senf und Gewürzen garnierte. Da erst sah er, daß er tatsächlich den Mann im blauen Blazer vor sich hatte, allerdings ohne die Perücke von gestern, mit kurzem Haar und weißem, gestärktem Hemd – das einzige, was gleich war, waren diese starren Augen.

Plötzlich standen zwei Männer neben ihm.

»Sind Sie unverletzt, Harry?«

Er atmete langsam und tief aus, um seinen aufgewühlten Magen zu beruhigen. Er hatte gewußt, daß der Mann im blauen Blazer zu schnell handeln würde, als daß ihm jemand helfen könnte, und wenn er nicht die halbe Nacht wach geblieben wäre, um diese Dampfdüse zu montieren –

Hol's der Teufel!

Wenn ihm seine Arbeitslosigkeit auch sonst keine neuen Erkenntnisse gebracht hatte, eins hatte er dazugelernt, daß er von niemandem Unterstützung erwarten konnte. Er mußte selber für sich sorgen.

Es gelang ihm, mit der Karre nach Hause zu radeln, obwohl eins der Räder verbogen war und das Gefährt humpelte wie jemand, der nur einen Schuh anhat.

Für ihn war nicht mehr viel zu tun geblieben, nachdem sie den Mann im blauen Blazer vom Bürgersteig gekratzt hatten, und die Polizei würde ihn nicht mehr brauchen, bis der Gangster aus dem Krankenhaus kam.

Er überlegte hin und her, ob er Paula anrufen sollte, aber er hatte ihr an diesem Morgen gesagt, daß sie von ihm oder der Polizei hören würde, falls etwas passierte, und wenn sie nichts hörte, könne sie davon ausgehen, daß alles in Ordnung sei.

Er fuhr mit der Karre an seine Werkbank hinten in der Garage und schloß das Tor. Wenn das Tor offenstand, hatten die Nachbarn die Angewohnheit, über die Auffahrt zu kommen und sich mit ihm zu unterhalten. Ihm war im Moment nicht nach Unterhaltung.

Abgesehen von dem verbogenen Rad, das ersetzt werden mußte, dauerte es nicht lange, die Karre wieder in betriebsfähigen Zustand zu bringen. Er zündete das Propangas an, um das Heizsystem zu überprüfen. Der Dampf stieg auf, ohne daß Lecks zu sehen waren, nicht einmal in dem Druckbehälter, den er letzte Nacht eingebaut hatte, um den Dampfstrahl zu erzeugen, der ihn vor dem Mann im blauen Blazer gerettet hatte.

Er fühlte sich immer noch unbehaglich, obwohl alles vorbei war.

Vielleicht lag es an dem Druckbehälter. Der hatte ihn den ganzen Morgen nervös gemacht. Die Einzelteile dazu hatten in der Garage gelegen, übriggeblieben von seinen Experimenten mit dem Heizsystem, bevor er die Karre gebaut hatte, aber er hatte kein Überdruckventil, um ihn abzusichern, und um Mitternacht konnte er sich keins besorgen. Er hatte sich mit einem Manometer und einem Handventil behelfen müssen, um Druck abzulassen, wenn er zu hoch anstieg.

Solche Pfuscharbeit machte er nicht gerne. Der Behälter war zwar nicht sehr groß, aber der heiße Dampf konnte eine Menge Schaden anrichten, wenn der Kessel platzte, vor allem an ihm, wenn er daneben stand.

Bring ein Überdruckventil an oder bau das Ding aus, Harry.

Er wollte es nicht ausbauen. Diese Vorrichtung würde ihm sehr gelegen kommen, falls noch einmal jemand mit einer Waffe vor seinem Gesicht herumfuchtelte, was jedem, der an einer Straßenecke stand, jederzeit passieren konnte.

Er legte beide Hände auf die Karre. Die Wärme tat gut, aber sie drang nicht tief genug ein, um den Eisblock in seinem Magen aufzutauen.

Die Seitentür der Garage öffnete sich knarrend. Griggs trat ein und ging auf ihn zu.

Er war etwa so alt wie Harry, ein blonder Mann mit kantigem Kinn und einer Vorliebe für seidene Anzüge mit schmalen Revers und Seitenschlitzen an den Jacken und italienische Schuhe mit dünnen Sohlen.

»Sie sind früh dran. Ist Paula auch da?«

»Sie kommt später, Harry. Jemand anders bringt sie nach Hause.«

»Ich nehme an, Sie sind nicht ohne Grund hier?«

»Paula hat mir von Ihrem Problem erzählt, aber wir waren sicher, daß Sie den Tag überstehen würden. Leuten wie Ihnen gelingt es immer zu überleben.«

»*Wir* waren sicher?«

»Sie sollten wissen, Harry, daß zwischen Paula und mir etwas ist. Sie sind nicht seriös oder karriereorientiert genug für eine Frau wie sie. Wir beide würden gut zueinanderpassen. Wir haben übereinstimmende Persönlichkeitsprofile und eine beidseitig befriedigende Beziehung, die uns viel gibt.«

»Wollen Sie damit sagen, daß Sie ein Verhältnis mit meiner Frau haben?«

»Nicht nur ein Verhältnis, Harry. Es ist eine tiefgehende bindende Seelenverwandtschaft.«

»Und jetzt, da sie Ihnen ihre Seele aufgebunden hat, möchte sie das gleiche mit ihren Wertpapierdepots machen und einen Spinner wie Sie heiraten.«

Griggs lächelte. »Sie können mich nicht beleidigen. Ich bin bereits viel erfolgreicher und arrivierter, als Sie es jemals waren, und mit Paula an meiner Seite werde ich noch erfolgreicher sein.«

Harry zuckte die Achseln. »Ich wünsche euch beiden viele glückliche Jahre voll gemeinsamer Veranlagungen zur Einkommensteuer und doppelter Rückerstattungen. Aber nehmen Sie sich vor diesen Fellpantoffeln in acht. Die sollen schon mal Junge bekommen haben.«

»Ehrlich, ich weiß nicht, wovon Sie reden. Ich bin überzeugt, Paula hat recht. Sie sind nicht mehr weit von einem völligen Zusammenbruch entfernt.«

»Aber noch vernünftig genug, um zu erkennen, wenn zwei Leute einander verdient haben. Sie kann die Scheidung haben.«

»Keine Scheidung, Harry. Wenn das alles wäre, was sie will, hätte Paula Ihnen das selber gesagt. Scheidungen sind schmutzig. Vermögensregelungen und Anwaltsgebühren können einen wirklich sämtlicher Mittel berauben, und wer weiß, welchen Ärger jemand wie Sie in Zukunft noch machen würde?«

Griggs zog eine kleine Automatic aus der Tasche. »Darum wird dieser Spinner Sie jetzt töten, Harry. Wir können uns diese Gelegenheit nicht entgehen lassen. Wenn Sie tot aufgefunden werden, wird die Polizei denken, Ihr Mörder im blauen Blazer habe Sie eingeholt. Aber machen Sie sich nichts draus, wir werden Ihnen ein schönes Begräbnis bereiten. Sie wissen ja, wie eigen Paula in solchen Details ist.«

Er fühlte keinen Zorn. Vielleicht war das der Grund, warum die Kälte in ihm geblieben war. Etwas tief in seinem Innern hatte gespürt, daß sich nicht alles um den Mann im blauen Blazer drehte; daß einmal entfesselt, Gewalt dazu neigte, Leute in ihren Strudel zu reißen.

»Ich sollte Ihnen das eigentlich nicht sagen, aber ich sehe keinen Grund, warum ich lachend sterben sollte«, sagte er langsam. »Ihr Plan wird nicht aufgehen, weil wir den Kerl heute gefaßt haben. Töten Sie mich, und Paula und Sie werden in den nächsten zwanzig Jahren keinen näheren Kontakt haben, als sich gegenseitig Briefe zu schreiben, und scheißegal, wie seelenverwandt ihr seid, das wird kaum eine beidseitig befriedigende Beziehung.«

»Ein guter Versuch, Harry. Aber wenn man ihn wirklich gefangen hätte, hätten Sie Paula angerufen, und es wäre auch im Radio gekommen. Keins von beidem ist geschehen.«

Der Dampfstrahl, Harry. Bring Griggs dazu, sich zu bewegen.
»Hören Sie«, sagte er, »ich...«
Griggs schüttelte den Kopf. Tut mir leid, Harry, aber wie man so sagt, man macht nur einmal die Runde, und Sie haben das Ende erreicht.«

Die Flamme schoß auf ihn zu und riß ihn von den Beinen. Der Knall hallte laut in der Garage wider.

Er lag still, mit geschlossenen Augen, das Gesicht gegen den Betonboden gepreßt, und seine Seite war wie betäubt.

Griggs' Schritte kamen näher.
Stell dich tot, Harry.
Er hielt den Atem an.

Eine Fußspitze stupste ihn an, dann entfernten sich die Schritte zur Tür und verklangen. In der Karre zischte leise der Dampf.

Verdammt. Griggs war nicht nahe genug gekommen und hatte nie in der richtigen Position gestanden, daß Harry den Dampfstrahl hätte auslösen können, nicht einmal als Ablenkung.

Verdammt. Er hätte nie gedacht, daß der Spinner schießen würde. Er hätte wissen müssen, daß man nie vorhersagen kann, was ein Spinner tut.

Verdammt. Die Nachbarn würden dem Schuß keine Aufmerksamkeit schenken. Das mußte Paula klar gewesen sein. Der verrückte Harry bastelte wieder in seiner Garage herum.

Sie würden nicht damit durchkommen. Die Polizei hatte den Mann im blauen Blazer ja schon festgenommen.

Das wird dir unheimlich viel nützen, wenn du tot bist, Harry. Mach, daß du auf die Beine kommst.

Er zog seine Knie langsam unter den Körper und hob seine Brust vom Boden. Das taube Gefühl in seiner Seite ebbte allmählich ab und wich dem Schmerz.

Er spürte etwas Warmes, Feuchtes, das sein Hemd an seiner Haut kleben ließ, aber die Kälte war noch immer in ihm. Jetzt wußte er, woher sie kam und was sie bedeutete, und wenn er es nicht schaffte, aus dieser Garage zu kommen, würde sie sich ausbreiten, bis sie einen ganzen Körper durchdrang, und ihm würde nie wieder warm werden. Nie.

Was die Kugel auch in ihm getroffen haben mochte, es hatte sein linkes Bein in Mitleidenschaft gezogen. Er würde Schwierigkeiten haben, zu kriechen. Er schaute zur Tür. Nur sechs Schritte von ihm fort, aber sie kam ihm eine Meile entfernt vor.

Benutz die Karre, Dummkopf.
Er verdrängte den Schmerz und konzentrierte sich darauf, seine Hände und Knie zu bewegen. Eins. Zwei. Drei. Vier.
Er schaffte es bis zur Karre und zog sich daran hoch, indem er sich am Lenker des Fahrrad-Vorderteils festhielt. Sogar mit dem verbogenen Rad würde die Karre leicht rollen. Er brauchte sie nur als Stütze zu benutzen, bis er die Tür erreichte.
Er hängte sich über den Lenker und schob. Die Karre rollte ein kleines Stück.
Du hast Glück, daß Griggs ein schlechter Schütze ist, Harry.
Paula kam durch die Tür gerannt, als könne sie es nicht erwarten, zu sehen, was in der Garage war. Sie blieb stehen, als sie ihn sah, die Augen weit aufgerissen und dann schmal vor Wut, und stieß einen obszönen Fluch aus. Es kam selten vor, daß sie so weit die Beherrschung verlor.
Verdammt. Sie hatte ihn abgelenkt. Er spürte, daß er vom Lenker abrutschte, aber er mußte es ihr sagen.
»Du... bist schön... wenn... wenn du... wütend bist.«
Er verlor den Halt und glitt auf den Boden.
»Wieso lebst du noch, Harry?«
Wozu baust du diese Karre, Harry? Wann suchst du dir einen Job, Harry? Warum verkaufst du Hot Dogs, Harry?
»Dein... dein Spinner... braucht... braucht Schießunterricht.«
Ihre Stimme überschlug sich. »Wenn er das Autoradio eingeschaltet hätte, wäre es gar nicht dazu gekommen. Die Geschichte wurde durchgegeben, als er gerade eine halbe Stunde fort war. Aber da er es nun mal getan hat, hätte er es wenigstens richtig tun können. Ich habe einen verdammten Blödmann gegen den anderen eingehandelt.«
Er sah nur ihre blauen Pumps. Sie kamen näher.
Es klang, als spräche sie mit sich selbst. »Ich habe jetzt keine Wahl mehr, Harry. Ich kann dich nicht leben lassen, damit du allen erzählst, was passiert ist. Ich werde mich durchschwindeln und sie davon überzeugen, daß alles mit der Sache zusammenhängt, die du gesehen hast. Du mußt sterben, Harry.«
»Ich gehe... jetzt duschen... und... und denke ein bißchen... darüber nach.«
Sie fiel neben ihm auf die Knie, ballte ihre Fäuste, und ihre Stimme klang gepreßt. »Mach dich nicht über mich lustig, Harry! Stirb jetzt!«
Die Karre stand schimmernd neben ihr.
Er würde nicht sterben. Er würde sich nicht von zwei blutigen

Amateuren umbringen lassen, nachdem ein Profi wie der Mann im blauen Blazer es nicht geschafft hatte. Er würde auch nicht Powells Angebot annehmen. Er würde leben und sich einen Kredit beschaffen und selber eine Firma zur Herstellung von Würstchenkarren gründen. Er würde der Hot-Dog-König von Amerika werden.

Nicht, wenn du hier liegenbleibst und verblutest, Harry.

Er griff nach dem Rad und versuchte, sich daran hochzuziehen und auf die Beine zu kommen.

Ihre Stimme klang verächtlich. »Gib dir keine Mühe, Harry. Ich habe die Absicht, dich hier festzuhalten, bis du tot bist, und den Leuten dann zu sagen, daß ich dich so gefunden habe.«

Einen Meter neben ihr stieg der Druck, seit Griggs auf Harry geschossen hatte, bis der Behälter, den er in die Karre eingebaut hatte, schließlich mit einem hohlen Knall platzte, und ein dichter Sprühregen von glühend heißem Dampf durch das zerfetzte Metall schoß, der sie vollkommen einhüllte, es war im Nu vorbei, und sie wälzte sich schreiend auf dem Boden. Da wußte er, daß das Schreien in ihrem Leben erst begonnen hatte. Nie wieder würde sie sich Gedanken darüber machen, ob ihre Art zu gehen, ihre Art zu sprechen oder die Kleider, die sie trug, zu dem Bild paßten, das sie glaubte darstellen zu müssen.

Sie tat ihm fast leid.

Jeder macht sich seine eigenen Probleme, Harry.

Das einzig Wichtige war jetzt, daß niemand in Hörweite diese Schreie ignorieren konnte, und zum ersten Mal ließ die Kälte in ihm nach. Sie würde nie völlig von ihm weichen. Niemand lebte ohne Angst vor dem Tod.

Er lag da und schaute liebevoll die Karre an, wie ein stolzer Vater, der sein Kind bewundert, das seine kühnsten Erwartungen übertroffen hat, und fragte sich, welcher Nachbar als erster durch die Tür kommen würde.

Hot-Dog-König von Amerika, ganz bestimmt, Harry.

Verdammt. Es tat gut, sich wieder warm zu fühlen.

Schrei lauter, Paula!

Originaltitel: The Stainless Steel Cart 1/86
Übersetzt von Wolfgang Proll

G. Wayne Miller

Seit der Himmel gebrannt hatte

Er war nur ein kleiner Junge, vielleicht sieben oder acht Jahre alt. Seinen Namen kannten wir nicht.

Er kam bei Anbruch der Abenddämmerung und als niemand auf sein Rufen und Weinen reagierte, fiel er schließlich im Staub und im halbvertrockneten Gras vor dem äußeren Zaun in einen unruhigen Schlaf. Lange vor Sonnenaufgang tötete ich ihn mit einem Kopfschuß. Sein Körper zitterte ein bißchen, Blut sprudelte aus seinem Mund, aber es dauerte nicht lange. In weniger als drei Minuten, gerade Zeit genug für eine Zigarette, hörten seine Nerven zu zucken auf, und er lag still.

Tony und ich begruben ihn unter einem strahlenden Sternenhimmel. Sie fragen sich vielleicht, weshalb wir uns diese Mühe machten, aber Mather hatte es so befohlen. Mather hatte eine Wahnsinnsangst vor Bakterien, und das aus gutem Grund. Wir wußten, daß in anderen Teilen des Landes ganze Camps von Typhus, Diphtherie und all den anderen Krankheiten ausgelöscht worden waren, die sich wie ein Lauffeuer ausbreiteten, seit der Himmel gebrannt hatte. Wir alle hatten vor Bakterien eine Heidenangst, und zwar zu Recht.

Der Junge war klein und mager, mehr Knochen als Fleisch. Unterernährt, nehme ich an, wie die meisten Streuner. Mit Handschuhen und Masken geschützt, trugen wir ihn den Hügel hinunter, weit fort von unserer Fischzucht, und brachten ihn zehn Fuß tief unter die Erde, so tief, wie wir in den zwei Stunden graben konnten, die uns bis zum Sonnenaufgang blieben. Dann verbrannten wir unsere Kleider und badeten in Franzbranntwein und Lysol, die wir bei unserem letzten Besuch im Lagerhaus von A & P aufgetrieben hatten. Als wir fertig waren, gingen wir nackt ins Camp zurück und zurrten den Stacheldraht fest hinter uns zu.

Vom ersten Augenblick an hatte Mather bei dem Jungen ein ungutes Gefühl gehabt. Dabei war er bei weitem nicht der erste Streuner, den wir zu Gesicht bekamen, seit wir vor einem Jahr hierher ins nördliche Vermont gekommen waren, nachdem das große Feuer ganz Boston und einen großen Teil von Massachusetts dem Erdboden gleichgemacht hatte. O ja, wir hatten Streuner gesehen, und die meisten hatten wir vorbeiziehen lassen. Immer hatten wir nur die erledigt, die uns zu nahe kamen, sich merkwürdig benahmen oder sich zu lange in der Gegend herumtrieben, wie streunende Hunde, die um ein bißchen Fressen betteln. Wenn jemand sich derart sonderbar benahm, schrillte in Mathers Kopf eine Alarmglocke.

Zum Beispiel erinnere ich mich an einen alten Mann, total übergeschnappt, das Gesicht völlig vereitert und verschorft, die Kopfhaut rissig und aufgesprungen, die Zunge so dick angeschwollen, daß sie ihm aus dem Maul hing wie früher den Stieren im Schlachthaus von Kansas City. Er stand vor dem Tor und heulte wie eine Kreatur aus einem Alptraum, bis wir uns um ihn kümmerten. Auch an ein junges Mädchen erinnere ich mich. Wahrscheinlich war sie früher einmal hübsch gewesen, aber die Sonne hatte ihre Haut rauh und spröde gemacht und ihre Haare ausfallen lassen. Sie phantasierte und schwafelte von Errettung, Erlösung, Apokalypse und all dem anderen biblischen Blödsinn, wie die meisten Streuner, die wir seit New York gesehen hatten.

Der Junge war anders. Ich sah es zwar nicht sofort, aber Gott sei Dank merkte Mather gleich etwas. Dieser sechste Sinn Mathers hat uns so lange am Leben gehalten.

Der Junge kam, als die Sonne unterging. Seit der Himmel gebrannt hatte, war jeder Sonnenuntergang ein spektakuläres Ereignis. Kein Maler oder Fotograf könnte je hoffen, so etwas einzufangen. Auch dieser Sonnenuntergang war keine Ausnahme. Rosatöne überlagerten die verschiedensten Schattierungen von Blau, Orange und Gelb, weiche Pinseltupfer mischten sich mit energischen Strichen, wie von einer kraftvollen Hand hingemalt. Ich weiß noch, daß ich als Kind immer gedacht habe, so und nicht anders müßten die Himmelswände aussehen.

Ich war zur Wache eingeteilt und entdeckte den Jungen, als er eine halbe Meile entfernt unten am Hügelweg stand, der zu unserem Camp hinaufführt. Er war von oben bis unten in Segeltuch gehüllt, das so zerfetzt und zerrissen war wie ein Schiffssegel nach einem einwöchigen Orkan. Ich dachte mir nichts weiter dabei, aber jemand mußte ihm gesagt haben, daß Segeltuch so ziemlich der beste Schutz gegen die Sonne sei. Jemand, der älter und klüger war.

»Ich mache mir Sorgen«, verkündete Mather, nachdem er den Jungen eine Weile durch ein Fernglas beobachtet hatte, auf das er die Gläser einer Sonnenbrille gesteckt hatte. Die Sonnenbrillen hatten wir ganz zu Anfang aus einer Drogerie in Manhattan mitgehen lassen.

»Dann erledigen wir ihn eben«, antwortete ich. Eine inzwischen ganz automatische Reaktion, so normal und vertraut wie Wacheschie-

ben oder tagsüber schlafen.
»Selbstverständlich. Aber ich fürchte, dabei wird es nicht bleiben.«
»Wieso nicht?«
Mather machte ein ungeduldiges Gesicht, wie immer, wenn einer von uns sich dumm anstellt. »Sieh ihn dir an«, sagte er.
Ich nahm sein Fernglas und sah mir den Jungen an. Er saß auf der Erde, ruhte sich aus und sah zu uns hinauf, als überlege er, ob der lange Aufstieg sich lohnte. Vielleicht dachte er auch darüber nach, ob wir auf ihn schießen würden oder nicht.
»Ich sehe ihn.«
»Auch sein Gesicht?«
»Ja.«
»Wie alt ist er?«
»Sieben oder acht«, sagte ich. »Grob geschätzt. Bei Streunern kann man das nie so genau sagen.«
»Nein, aber es gibt Grenzwerte. Würdest du zustimmen, wenn ich sage, daß er allerhöchstens zwölf sein kann?«
»Sicher.«
»Sehr gut. Wann haben wir zuletzt ein zwölfjähriges Kind gesehen? Oder besser, ein zwölfjähriges Kind ganz für sich allein?«
Ich dachte eine Weile nach, konnte mich aber nicht darauf besinnen.
»Du erinnerst dich nicht, oder?«
»Nein, wirklich nicht.«
»Das kannst du auch nicht, denn meiner Erinnerung nach hat noch nie ein zwölfjähriges Kind unser Camp ausfindig gemacht. Nicht allein. Es gab zwar zwölfjährige Kinder, aber immer in Begleitung von Erwachsenen. Und Erwachsene...«
»...sind ein Risiko, das wir uns nicht leisten können.«
»Genau. Egal zu wem der Junge gehört, seine Leute können nicht weit sein.«
»Wir erledigen ihn also?«
»Ich denke, wir haben keine andere Wahl.«
»Meinst du nicht, daß die anderen nach ihm suchen kommen?«
»Genau das will ich verhindern. Wir können keinen Typhus brauchen.«
»Oder die Brandfäule.«
»Oder die Brandfäule.«
»Oder was sonst noch alles die Schwangerschaften gefährden könnte.«
»Um Himmels willen!«

Die ganze Zeit über behielt ich den Jungen im Auge. Er war aufgestanden und taumelte den Hügel hinauf. Anscheinend hatte er beschlossen, das Risiko einzugehen. Vielleicht war er hungrig. Oder krank. Oder zum Spionieren geschickt.

Bei Streunern wußte man das nie.

»Ein zäher Bursche«, sagte ich, als ich ihn stolpern, fallen und wieder auf die Beine kommen sah wie die Betrunkenen vor den Kneipen im Zentrum Manhattans, in denen wir früher so oft waren. Aber der Junge hatte natürlich keine Probleme mit Alkohol. Sein Problem war die Sonne – fünfundfünfzig sengende, wolkenlose, windstille Grad Sonnenhitze.

»Ich schlage vor«, sagte Mather, »daß wir ihn gleich heute nacht erledigen. Und morgen nacht nimmst du dir mit Pete seine Familie vor.«

»Genau«, sagte ich. Mather grinste. Er freute sich immer, wenn einer von uns ein Wort so benutzte wie er.

Gegen Mittag des Tages, an dem wir den Jungen begraben hatten, sahen wir Rauch, einen bleistiftdünnen Rauchfaden, der steil in den Himmel stieg, wie der Kondensstreifen eines Flugzeuges, nur daß es keine Flugzeuge mehr gab. Der Rauch kam aus dem Geröllhaufen, der früher einmal Bradford Village hieß und ein Vorort von Burlington war.

Mather berief eine Versammlung ein.

»Sie kochen«, sagte er. »Weiß der Himmel was.«

»Vielleicht haben sie ein paar Fische gefangen«, sagte Tony. Seit Robbie und Sloane in einen Hinterhalt gekommen waren – damals, auf der Flucht vor dem großen Feuer – waren Tony, Pete, Charles, Mather und ich die einzigen Männer in unserer Gruppe.

»Falls es noch Fische gibt«, sagte Mather. »Und abgesehen von denen in unserer Zucht, möchte ich das bezweifeln.«

»Wie groß, meinst du, ist ihr Lager?« fragte Pete.

»Es können drei oder dreihundert sein«, sagte Mather. »Am Rauch kann man das nicht erkennen.«

»Hoffentlich nur drei«, sagte ich, und das meinte ich auch.

»Ich weiß, daß ich mich auf euch verlassen kann«, sagte Mather. »Egal, wie viele es sind.«

»Wir sind ja ausreichend bewaffnet«, sagte ich.

Plötzlich hatte Pete wieder diesen komischen Ausdruck auf dem Gesicht, eine merkwürdige Mischung aus Empörung und Schuldgefühl, aber er sagte nichts. Pete war unser technisches Genie. Er hatte die Fischzuchtanlage entworfen und sich das Belüftungssystem einfallen lassen, das dafür sorgte, daß die Temperaturen in den Gebäuden einigermaßen erträglich blieben. Er hatte es sogar geschafft, uns mit fließendem Wasser und einem Leitungssystem zu versorgen. Wirklich ein cleverer Bursche, aber ein bißchen weichlich. Er hatte mir mehr als einmal erzählt, daß sich ihm immer noch der Magen umdrehte, wenn jemand getötet wurde, egal wie oft er es schon gesehen oder selbst getan hatte. Eine sehr merkwürdige Haltung nach allem, was wir schon durchgemacht hatten.

»Denkt dran, daß wir es uns nicht leisten können, Munition zu verschwenden«, erinnerte Mather uns.

»Wir passen schon auf«, sagte ich.

»Einzelfeuer, wenn wir können.«

»Wir können.«

»Und jetzt geht ihr beide am besten schlafen«, sagte Mather. »Ihr habt eine anstrengende Nacht vor euch.«

Bei Sonnenuntergang marschierten Pete und ich los. Die herrlichen Rosa- und Gelbtöne verblaßten allmählich, und zurück blieb eine tintenschwarze Nacht voller Sterne. Die Nacht war die beste Zeit, um unterwegs zu sein, sei es zu einer Tötungsaktion oder zu einem Beutezug in die wenigen Lagerhäuser oder Geschäfte, in denen es noch etwas zu holen gab. Nachts brauchte man sich wenigstens keine Sorgen darüber zu machen, ob die ultravioletten Strahlen einem die Haut versengten, das Gehirn brieten, das Sperma verbrutzelten oder einen gar blind machten. Man brauchte sich nicht unter hundert Lagen von Kleidungsstücken zu verstecken und den Körper dick mit Sonnenöl einzureiben, wie mit Wagenschmiere.

Ich packte eine .357 Magnum und eine Tasche voll Patronen ein. Mit der Magnum war eine komische Geschichte verbunden. Wir hatten sie unter dem Kruzifix auf dem Altar einer ausgebrannten katholischen Kirche in Manchester, New Hampshire entdeckt, als wir aus Boston nach Norden flohen. Wir fanden nie heraus, wie die Waffe dorthin gekommen war, oder wer sie dort liegengelassen hatte. Vielleicht hatte der Priester sie im Anschluß an seine letzte Predigt an seine Schläfe gehalten und abgedrückt. Wir fanden zwar keine Leiche, aber es konnte ja sein, daß eines der Pfarrkinder sie fortgeschafft und begraben hatte, nachdem die denkwürdige Messe vorbei war.

Pete hatte ein Repetiergewehr bei sich, ein Ted-Williams-Modell, das wir irgendwo unterwegs aus einem Sears-Roebuck-Laden geklaut hatten.

Wir hatten nur noch ungefähr einhundert Rehposten übrig, aber Mather hatte darauf bestanden, daß wir sie alle mitnahmen. Er hatte versucht, sich seine Befürchtungen nicht anmerken zu lassen, aber wir alle spürten, wie besorgt er war. Allein die Tatsache, daß er uns die ganze restliche Munition mitnehmen ließ, war Beweis dafür. Sein Gefühl sagte ihm nun einmal, daß die Streuner, mit denen wir es heute zu tun hatten, etwas Besonderes waren. Daß ihre Erledigung vielleicht ein größeres logistisches Problem darstellen würde, als wir es seit langem – oder vielleicht sogar je – gehabt hatten.

In dieser Nacht blieben Tony und Mather bei den Frauen und dem elfmonatigen Eric zurück, unserem einzigen Nachwuchs. Wir hatten fünf Frauen in der Gruppe, drei davon schwanger. Mather war in Hinsicht auf die Frauen und was sie tun durften und was nicht, richtig verbiestert. Wir hatten schon ein halbes Dutzend Schwangerschaften gehabt, aber alle, bis auf die eine, hatten mit Fehlgeburten geendet. Mather sagte, wir dürften kein Risiko mehr eingehen. Wir mußten mehr Kinder bekommen, wenn sein großer Plan jemals Wirklichkeit werden sollte. Und so lautete das Motto des Jahres: *Mehr Kinder.* Mather war bereit, alles zu tun, um diese Kinder auch zu bekommen.

Natürlich hatte Mather in der Nachwuchsfrage völlig recht. Bisher hatte er noch immer recht behalten, egal worum es ging, seit er vor zwei Jahren die Verantwortung übernahm, als der Himmel gebrannt hatte, die Ernten zu verdorren und die Erdbevölkerung zu Millionen und Abermillionen dahinzusterben begannen.

Es war Sommer, der Sommer, in dem ich siebenundzwanzig wurde, und es war der großartigste Sommer meines Lebens.

Wir alle wohnten damals in New York, lebten stilvoll und mit mehr als einem nur gerechten Anteil an den Bequemlichkeiten dieser Welt, in einem Bezirk in der oberen West Side, der erst vor kurzem bei feinen Leuten in Mode gekommen war.

Wir waren die Brie-und-Chablis-Clique, besaßen Badezimmer, die von Innenarchitekten durchgestylt waren, verbrachten die Wochenenden auf Cape Cod und die Februarferien in Aspen. Keiner von uns verdiente weniger als fünfzig Riesen im Jahr, absolutes Minimum, und keinem von uns wäre es eingefallen, irgendwo anders zu arbeiten als in den namhaftesten Firmen von Wall Street oder Madison Avenue.

Waren es die Sowjets, wir selbst oder eine dritte Partei? Ich weiß nicht, ob irgendwer irgendwo jemals wirklich die Antwort auf diese

Frage erfahren hat. Jedenfalls nicht zu Anfang, als die einzigen Auswirkungen diese überwältigenden Sonnenuntergänge in Technicolor und die merkwürdige Veränderung der Kondensstreifen waren.

Und auch später nicht, als politische Institutionen und Wirtschaftsstrukturen sich schneller auflösten, als die Temperaturen und die Meere weltweit anstiegen.

In der ersten Zeit, als die Druckerpressen noch liefen und die Sechs-Uhr-Nachrichten noch gesendet wurden, gab es überall Gerüchte, es sei ein Versuch mit irgendeiner neuen, thermonuklearen Waffe gewesen, schrecklicher und geheimer noch als die Bombe, wegen der damals alle Welt kopfscheu wurde.

Ich kann mir nicht helfen, aber ich finde, der alte Mann da oben muß eine ganz schön gemeine, ironische Ader haben, denn das war es natürlich beileibe nicht. Es gab keinen großen Knall, keine Zusammentreffen der Krisenstäbe, keinen Ausnahmezustand, keine Truppen des Warschauer Paktes, die in Deutschland einmarschierten, keinen Oberst Ghadaffi, der über Israel eine Überraschung abwarf – nur einen Himmel, der am Abend des 26. Juli eine blutrote Farbe annahm.

Vielleicht war es ein Test mit einer neuen Killer-Technologie, entstanden aus dem sogenannten Krieg-der-Sterne-Programm, das der verstorbene Präsident Reagan vor einem Jahrzehnt angekündigt hatte. Vielleicht war es ein Test mit irgendeiner neuen Erfindung, die die Sowjets noch im Ärmel hatten, ohne daß unsere Geheimdienste etwas davon wußten.

Vielleicht waren auch Marsmenschen auf einem Maisfeld in Kansas gelandet und auf die Idee gekommen, fünfundneunzig Prozent der menschlichen Rasse auszurotten. Einfach so aus Spaß.

Was immer es war, es brannte lautlos und schnell die obere Hälfte unserer Atmosphäre weg, so daß die Pflanzen abstarben und Nahrungsketten gestört und schließlich zerstört wurden.

Keiner von uns wußte, wie schlimm es wirklich stand, bis der Winter kam, und der Winter keinen schmutzigen Schnee in der Fifth Avenue brachte, keine Eisblumen an den Fenstern von Macy's, kein Schlittschuhlaufen im Central Park, keine Temperaturen unter zehn Grad plus, nicht einmal im Januar oder Februar.

Im Frühling waren die Krankenhäuser und Ärzte überlastet mit Patienten, die Hautkrebs hatten oder langsam aber sicher ihr Augenlicht verloren.

Im Sommer machten sich die verdorrten Mais- und Weizenernten zum ersten Mal bemerkbar, und in den Geschäften wurden die Lebensmittel knapp.

Im Herbst gab es Aufruhr, erste Plünderungen, und die Städte fingen an zu brennen. Die Polizei und die Nationalgarde versuchten zunächst, ein bißchen die Kontrolle zu behalten, aber dann kam die Panik. Und als die Panik kam, warfen die Behörden die Waffen weg und rannten.

Im nächsten Winter wurde von Küste zu Küste gehungert, und Typhus wütete im ganzen Land.

Natürlich war es Mathers Idee, New York zu verlassen. Von Anfang an war alles Mathers Idee. Wir verließen die Stadt im Juni, bevor die große Panik einsetzte, und fuhren an der Küste Connecticuts hinauf. Zu der Zeit gab es noch Benzin, obwohl es schon knapp war und die Schlangen an den Tankstellen immer länger wurden. Aber wir fuhren, fuhren und überzogen unsere American Express- und Visa-Karten, was das Zeug hielt.

Meistens waren wir nachts unterwegs. Tagsüber verkrochen wir uns in billigen Motels. Wenn wir ins Freie gehen mußten, und sei es auch nur für einen kurzen Augenblick, bestand Mather darauf, daß wir unsere Sonnenbrillen aufsetzten und uns mit Sonnenöl mit Lichtschutzfaktor fünfzehn einschmierten. Irgendwann setzte der Run auf Sonnenöl ein, und schließlich gab es keinen Nachschub mehr, aber Mather war klug genug gewesen, das Zeug kistenweise einzukaufen, bevor irgend jemand sonst auch nur auf die Idee kam. Übrigens hatte er das auch mit Penicillin und Waffen gemacht, so daß wir auch in dieser Hinsicht versorgt waren.

Wir waren in Boston, als der Stoff, aus dem die amerikanische Gesellschaft gewebt war, sich aufzulösen begann, langsam aber unaufhaltsam wie ein Stück Würfelzucker in heißem Kaffee. Es war September, der heißeste September, den das meteorologische Institut je verzeichnet hatte, und niemand konnte noch Zweifel daran haben, was vor sich ging.

Mather beschloß, erst einmal dort zu bleiben, wenigstens bis wir wußten, wie es langfristig weitergehen sollte. Nachdem wir uns eine Horde Stadtstreicher vom Hals geschafft hatten, schlugen wir unsere Zelte in einem verlassenen U-Bahn-Tunnel in der Nähe der Station Park Street auf, also fast unmittelbar unter dem Rathaus. Vom Verteidigungsstandpunkt aus gesehen, war der Tunnel ein Traum, – nur ein einziger Zugang, den wir mit gelegentlichen Feuergefechten freihielten. Vom Überlebensstandpunkt aus gesehen, bot der Tunnel einigermaßen günstigen Zugang zu Geschäften und Kaufhäusern, vor allem aber auch zu den riesigen Lagerhäusern am Hafen, in denen es, selbst Wochen nachdem alles andere leergeräumt war, immer noch etwas zu holen gab. An dem Tag, an dem die Plünderungen so richtig losgingen, schnappten wir uns soviel Fruchtsaft-, Fleisch- und andere Konserven, daß wir laut Mathers Berechnungen mindestens ein Jahr lang damit auskommen mußten.

Als das große Feuer uns schließlich dazu zwang, wieder an die Erdoberfläche zu kommen, bot sich uns ein fürchterliches Bild. Überall Leichen, verkohlt oder einfach verwest und so verseucht, mit allen möglichen Krankheiten, daß es gereicht hätte, uns -zigtausendmal zu vernichten.

Mather beschloß sofort, nach Norden zu gehen, wo wir, wie er sagte, noch am ehesten die Chance hätten, ein einigermaßen sicheres Camp aufzubauen. Auf dem Marsch begegneten wir mehreren anderen Gruppen und wurden in ein paar kleineren Auseinandersetzungen verwickelt, in deren Verlauf wir zwei Mitglieder verloren.

Jetzt waren die Streuner die größte Gefahr für uns. Warum sie keine Camps gründeten wie wir anderen, war ein Geheimnis, das nicht einmal Mather zu verstehen vorgab. Er konnte nur vermuten, daß es etwas mit Intelligenz zu tun hatte, beziehungsweise mit deren Mangel, und ich denke, daß er recht hatte. Man mußte schon ein bißchen Verstand haben, um ein Camp aufzubauen, es zu verteidigen, Möglichkeiten zu finden, sich zu ernähren – in unserem Fall eine kleine aber erfolgreiche Fischzucht, ergänzt durch die gefriergetrockneten oder in Konserven abgefüllten Nahrungsmittel, die wir gehortet hatten. Man brauchte Verstand, um der Sonne ein Schnippchen zu schlagen und sich vor der Hitze zu schützen, und man brauchte Verstand, um sich die Bakterien vom Leib zu halten.

Vom Standpunkt der Streuner aus war es bedeutend einfacher, hemmungslos zu plündern und zu brandschatzen. Was jedes Camp zu einem möglichen Ziel machte.

Pete folgte mir den Hügel hinunter.

Keiner von uns sprach – wahrscheinlich gab es einfach nichts zu sagen. Es war fast Vollmond, und mit seiner Hilfe und dem üblichen, verblüffenden Schauspiel der hell leuchtenden Sterne war es kein Problem, ein gutes Tempo beizubehalten. Ich wollte das ganze so schnell wie möglich hinter mich bringen und wieder zurück nach Hause, denn ich hatte noch etwas mit Lisa vor, die schon in den Tagen der West Side meine Freundin gewesen war, und die Mather immer noch für eine akzeptable Partnerin für mich hielt. Pete hatte er keine Frau zugeteilt, aber dafür besaß Pete gewisse Privilegien, die er immer gerne in Anspruch nahm.

Sie waren unheimlich, diese Nächte, seit der Himmel gebrannt hatte.

Geräusche schienen zwanzigmal weiter zu tragen als zuvor. Jeder Ton schien lauter, übertrieben. Ein paar Nachttiere hatten überlebt, Eulen und Waschbären zum Beispiel, und die Geräusche, die sie machten, schienen aus hundert verschiedenen Richtungen gleichzeitig zu kommen, oder aus gar keiner. Es war, als hätte Mutter Natur sich zur Bauchrednerin entwickelt. Die Grillen, die sich ebenfalls gehalten hatten, hörten sich an wie ununterbrochene atmosphärische Störungen im Radio. Aber es waren nicht nur die Geräusche, die die Nächte so merkwürdig machten – auch die Temperaturen spielten völlig verrückt. In den meisten Nächten, wie auch heute, konnte man froh sein, wenn die Temperaturen wenigstens unter vierzig Grad abfielen. Die einzige Erleichterung brachten gelegentliche Windstöße.

Eine Meile von unserem Camp entfernt kamen wir an die Außenbezirke von Bradford Village. Wenn man die Augen schloß, konnte man es sich immer noch so vorstellen, wie es vielleicht gewesen war, bevor der Himmel gebrannt hatte: ein malerisches, kleines Dorf, wo jeder jeden kannte und mit gebührendem Respekt behandelte; ein Ort, wo der Motor des Lebens leise vor sich hinsummte wie eine gut geölte Maschine. Man konnte sich vorstellen, in diesem Dorf geboren zu sein, hier aufzuwachsen, eine eigene Familie zu gründen, die Kinder zum Traualtar zu führen, die Enkelkinder auf den Knien zu schaukeln und schließlich als einigermaßen zufriedener Mensch im Grab seine Ruhe zu finden.

Ein Teil der Häuser war niedergebrannt worden, ein anderer Teil hatte sich selbst entzündet, aber die meisten standen noch – eine merkwürdige Mischung aus weißen Gebäuden im Kolonialstil, schiefergedeckten Bauernkaten und angeberischen Ranchhäusern in Fertigbauweise, wie sie in den ertragreichen, inflationslosen Fünfzigern der letzte Schrei gewesen waren. Aber es gab kein Glas mehr in den Fenstern. Überall blätterte die Farbe ab. Veranden und Bürgersteige waren eingesackt oder aufgerissen, und die Autos, die vor den Häusern standen, fingen an zu rosten. Ihre Reifen waren platt, und die Streuner hatten die Windschutzscheiben zerschlagen. Die Bäume, die früher einmal Schatten für Grillpartys im Garten gespendet hatten, waren vertrocknet oder hatten den Brand und ihre Äste ohne Laub

winkten im Wind, wie die dünnen Finger eines Gerippes.
 Man hätte ewig so weiterspinnen können, aber es machte einen nur krank.
 Auf der anderen Seite von Bradford rochen wir ihn, den unverkennbaren Geruch eines Lagerfeuers. Er kam von der anderen Seite des Quannapowitt River, und als wir uns näherten, konnten wir sogar Gestalten im flackernden Licht erkennen. Sie hockten am anderen Ufer, etwa dreihundert Meter entfernt, im Kreis auf dem Boden vor einer ausgebrannten, aber immer noch stehenden Scheune. Sie schienen höchstens ein Dutzend zu sein, nicht mehr. Ihre Gesichter konnten wir nicht erkennen.
 Ich war erleichtert. Falls nicht ein Großteil der Gruppe irgendwo unterwegs war, würde das hier ein Kinderspiel werden. Mather hatte sich umsonst solche Sorgen gemacht.
 Ich zog Pete näher zu mir heran und flüsterte: »Kinderspiel.«
 »Wieso?«
 »Wegen der Scheune!«
 »Was hat die Scheune damit zu tun?«
 »Scheunen haben einen Heuboden.«
 »Und was hat ein Heuboden damit zu tun?«
 »Der gibt uns einen ausgezeichneten Überblick über das ganze Lager. Wir müßten die Operation eigentlich im Sitzen erledigen können.«
 Pete wollte etwas sagen, aber ich legte einen Finger auf meine Lippen. Von jetzt an mußten wir ganz leise sein. Wenn wir sie jetzt aufschreckten, griffen sie uns vielleicht an oder stoben auseinander, was noch schlimmer wäre. Dann mußten wir sie einzeln verfolgen, und wahrscheinlich entwichen uns trotzdem ein paar, und dann würden wir von Mather was zu hören bekommen. Das hätte mir gerade noch gefehlt, und Pete dachte wohl ähnlich.
 Man brauchte kein Historiker zu sein um zu sehen, daß der Quannapowitt in früheren Zeiten ein gesundes, ausgewachsenes Flüßchen gewesen war – eine Meile weiter flußaufwärts standen jetzt noch die Überreste von einem Dutzend Mühlen. Seit der Himmel gebrannt hatte, war der Quannapowitt zu einem Rinnsal verkümmert, höchstens fünfzehn Zentimeter tief und genausowenig in der Lage, einen Mühlstein anzutreiben, wie Wasser aus einem Wasserhahn. Wir wateten hinüber. Der Fluß war nicht kalt, das war kein Fluß mehr, aber trotzdem war das Wasser erfrischend an den Füßen.
 Die Scheune zu erreichen, war einfach. Tief gebückt folgten wir

einer alten, hüfthohen Steinmauer, die vom Ufer bis zur Scheune führte. Wir betraten sie durch die Hintertür und kletterten lautlos auf den Heuboden.

Ich war nicht auf das Bild vorbereitet, das sich unter uns bot.

Wahrscheinlich hatte ich die übliche Bande von Streunern erwartet, eine Gruppe von Männern und Frauen in mittleren Jahren oder jünger, und dazu vielleicht ein, höchstens zwei Kinder. So setzten sich alle Gruppen zusammen, die wir bisher gesehen hatten, und genau so ergab die Zusammensetzung einen Sinn. Die Sonne und die Krankheiten forderten ihren Zoll, einen Zoll, den nur die wenigsten der sehr Jungen und der sehr Alten zahlen konnten.

In dieser Gruppe gab es keine erwachsenen Männer – das heißt, keine kräftigen, einsatzfähigen Männer, sondern nur einen verwitterten, tatterigen Greis, der mindestens achtzig Jahre alt sein mußte und dem Feuer am nächsten saß. Dicht um ihn herum saßen die Frauen, sechs im ganzen, alle zwischen zwanzig und dreißig. Zu ihren Füßen hatte sich ein halbes Dutzend Kinder zusammengerollt, die meisten von ihnen jünger als der Junge, der bis zu uns vorgedrungen war. Wie sich an den leeren Konservendosen ersehen ließ, hatten sie eben gegessen, aber viel hatte es nicht gegeben. Nun war alles ruhig. Ab und zu sagte jemand etwas, aber mit so leiser Stimme, daß wir sie nicht verstehen konnten. Ich konnte nur zwei Gesichter erkennen – das des alten Mannes und das einer Frau. Abgesehen von den Runzeln des alten Mannes, trugen beide Gesichter den gleichen Ausdruck, diese wunderbare Mischung aus Angst, Erschöpfung und Unterernährung, die ich schon bei anderen Streunern gesehen hatte.

Aber da war noch etwas anderes, was ich bei Streunern noch nie gesehen hatte. Ich zögere, es Unschuld zu nennen.

Mather meinte später, sie hätten sich wohl bis vor kurzem versteckt gehalten und seien dann gezwungen gewesen, sich auf Wanderschaft zu machen. Vielleicht weil ihnen die Vorräte ausgingen. Vielleicht weil andere, kriegerische Streuner sie vertrieben. Es war ziemlich sicher, daß sie ursprünglich mehr Männer bei sich gehabt haben mußten. Mather meinte, sie seien wahrscheinlich getötet worden, aber sicher konnte man das natürlich nicht wissen.

Aber im Augenblick ging es nicht darum, wo die Streuner herkamen. Es ging um Petes Reaktion.

»Ich kann es nicht, Russ«, flüsterte er. Wir haben es schon zu oft gemacht.«

Ich schaute ihn an. Das Lagerfeuer warf zuckende Schatten auf sein

Profil. Ich kann nicht sagen, daß ich überrascht war. Mather und ich hatten uns vor unserem Aufbruch unter vier Augen über ihn unterhalten.

»Sieh mich nicht so an«, sagte er, »als wäre ich ein Verbrecher. Ich denke schon seit Wochen darüber nach. Mather hat einen Tick. Er leidet unter Verfolgungswahn. Siehst du das denn nicht selbst? Es gibt keinen Grund dazu, Russ. Es ist nicht erforderlich.«

»Was schlägst du als Alternative vor?« fragte ich ruhig. Unter uns fing ein Kind an zu weinen. Die Nacht riß das Weinen an sich, verzerrte und verdrehte es, machte es geisterhaft und körperlos. Wir schwiegen beide einen Augenblick.

»Was schlägst du vor?« wiederholte ich dann.

»Daß wir unseren Kram packen und gehen. Daß wir sie vergessen.«

»Und was ist, wenn Mather morgen früh den Rauch sieht?«

»Es muß keinen Rauch geben«, sagte er nach einem Augenblick des Nachdenkens. »Wir könnten ihnen sagen, daß sie weiterziehen sollen. Morgen früh könnten sie schon über die Grenze nach New York sein. Es könnte unser Geheimnis bleiben, Russ. Unser Geheimnis. Mather braucht nie was davon zu erfahren.«

So ging es etwa zehn Minuten weiter. Hin und her. Hin und her. Schließlich gab ich nach.

»Du hast gewonnen«, sagte ich.

»Meinst du das im Ernst?«

»Ja«, flüsterte ich. »Aber hör zu, es war deine Idee. Also gehst du auch hin und sagst es ihnen.«

»Danke«, sagte er. »Wirklich, danke, Russ. Und Mather braucht nichts davon zu wissen.«

Pete ging zur Treppe. »Meinst du nicht, daß du besser dein Gewehr hierlassen solltest?« fragte ich. »Sonst bekommen die vielleicht noch einen falschen Eindruck.«

»Natürlich.« Pete gab mir seine Waffe und stieg vom Heuboden hinunter.

»Nur das kleinste Zögern«, hatte Mather während unserer privaten Unterhaltung gesagt, »und du hast meine volle, rückhaltlose Unterstützung.«

Ich wartete, bis Pete das Lagerfeuer erreicht hatte. Dann schoß ich ihn von hinten nieder. Der Schuß krachte erschreckend laut, aber noch ehe einer von den anderen richtig reagieren konnte, drückte ich noch achtmal ab. Fünfzehn Sekunden später war alles vorbei. Als ich die Scheune verließ, hatte ich noch einmal Glück. Ich fand einen vollen Zwanzigliterkanister mit Benzin. Ich schüttete das Benzin über die Leichen, trat zurück und warf ein Stück glühendes Holz vom Lagerfeuer darauf. Die Flammen schossen brüllend auf.

In sicherer Entfernung zündete ich mir eine Zigarette an. Allmählich ging uns der Tabak aus, aber in Augenblicken wie diesem war eine Zigarette einfach notwendig. Plötzlich hatte ich eine ganz altmodische Sehnsucht nach einem eiskalten Bier, aber es gab nirgendwo mehr Bier. Es gab nur noch Schnaps, den man, wie Mather herausgefunden hatte, aus Dosenpfirsichen, Löwenzahn und allem machen konnte, was Zucker enthielt, sogar aus der Rinde gewisser Bäume. Es war zwar nicht der beste und weichste Drink, den man sich wünschen konnte, aber man konnte sich ganz anständig damit bedusseln. Wenn ich nach Hause kam, würde ich mir ein Glas genehmigen.

Eine alte Melodie aus den Hitparaden pfeifend, machte ich mich auf den Rückweg. Mather würde über den Verlauf der Operation erfreut sein. In der Ferne erhellte das Feuer den Himmel. Es würde verlöschen, wenn es den Fluß erreichte. Ein leichter Wind kam auf. Allmählich trocknete er den Schweiß auf meiner Stirn.

Originaltitel: SINCE THE SKY BLEW OFF, 13/85
Übersetzt von Brigitte Walitzek.

Al und Mary Kuhfeld

Strafe muß sein

Es klopfte an der Tür. George Grimby legte seine Karten verdeckt auf den Tisch und ging hinauf, um zu öffnen. Die anderen vier Spieler warteten solange.

»Ich weiß nicht, ich weiß nicht«, sagte Pederson und nutzte die Gelegenheit, sein Blatt neu zu ordnen. »Daß ein Fremder bei uns mitspielen soll –«

»Hör auf zu nörgeln. Poker ist nun mal kein richtiges Poker, wenn man nicht zu fünft ist«, sagte Nygaard. »Thorpe konnte nun mal nicht kommen, und bei allem gebührenden Respekt für unseren Gastgeber muß ich doch sagen, daß Grimby bestenfalls ein halber Spieler ist, wenn er überhaupt mal ein Blatt in die Hand nimmt.« Nygaard merkte sich Pedersons Kartenumverteilung und sah selbstgefällig in sein eigenes Blatt.

Balstad war zu dem kleinen Kühlschrank gegangen, um sich ein Bier zu holen. »Außerdem finde ich, daß eine Abwechslung uns ganz gut tut. Wir spielen jetzt schon so lange zusammen, daß ich manchmal das Gefühl habe, die Luft ist raus.«

Oben schlug eine Tür zu, und ein Stoß arktischer Luft umwehte die Knöchel der Pokerspieler. Stiefel polterten und Hausschuhe scharrten auf der Treppe, und Grimby kam in Begleitung eines breitschultrigen, kräftigen Mannes zurück. Die Augen des Mannes wanderten durch das Zimmer. Nygaard fiel plötzlich auf, daß der Hobbyraum in Grimbys Keller zwar warm und sauber war, vom Stil her aber bestenfalls als geschmacklos bezeichnet werden konnte. An der Wandvertäfelung aus imitiertem Holz hingen Schilder aus Gips mit Toilettensprüchen und Schwiegermutterwitzen, und die grellen Nylonvorhänge hatten ein Muster von schwarzen und rosa Pudeln. Das Dekorationsstück, das gutem Geschmack noch am nächsten kam, war die schlechte Reproduktion eines klassischen Gemäldes, auf dem fünf Hunde Poker spielten. Grimby hatte sie mit Reißzwecken an der Wand hinter der winzigen Hausbar befestigt.

Das Gesicht des Neuankömmlings wurde fast unmerklich länger. Garantiert ein richtiger Zocker, dachte Nygaard, der jetzt fürchtet, daß er unter eine Bande von Hinterwäldlern geraten ist.

Aber der Mann faßte sich schnell und grinste so strahlend wie der Diamant an seinem kleinen Finger. »Hallo zusammen. Ich bin Larry

Fields, Vertreter für Sportartikel, und ich wäre froh, ich hätte ein Paar Ski mitgebracht.« Er zeigte lachend auf seine schneeverkrusteten Halbschuhe. »Ich komme aus Chikago, der windigen Stadt, aber um diese Jahreszeit bläst es bei uns meistens naß und nicht weiß.« Er nahm seinen Hut ab und klopfte den Schnee von der Krempe.

»Stimmt, es macht schon einen Unterschied, daß wir ein Stück weiter im Norden liegen«, sagte Pederson. »Der Kleiderständer ist draußen im Gang.«

»Danke.«

Die Männer konzentrierten sich wieder auf ihr angefangenes Spiel. Es war eine freundschaftliche Pokerrunde, und sie spielten mit einem Minimum an Worten und Gesten, wie üblich bei Leuten, die lange miteinander vertraut sind. Es kam nur selten vor, daß Fremde dazu eingeladen wurden, am Spiel teilzunehmen, aber wie Nygaard vorhin gesagt hatte, spielte Grimby lieber die Rolle des Gastgebers, und ohne einen fünften Mann ist Poker nun einmal kein richtiges Poker. Und wie Balstad bemerkt hatte, war das Spiel hauptsächlich deshalb zäh, weil die Spieler nicht mehr den richtigen Pfiff hatten, und nicht, weil die Karten noch kalt waren. Jedenfalls hatte Ken Olsen, Empfangschef im Walhalla Inn, Fields empfohlen, und Ken war ein ziemlich guter Menschenkenner.

Draxten paßte, Pederson und Nygaard wollten sehen, und Grimby gewann mit zwei Bauern.

»Mist!« Pederson warf seine Karten hin und schubste sie mit spitzem Zeigefinger über den Tisch. Er erinnerte Nygaard an einen Terrier. »Zwei lausige Bauern!« schimpfte er und kratzte sich hinter dem Ohr. »Bis jetzt hat wirklich noch keiner ein anständiges Blatt auf die Hand bekommen.«

»Nur nicht ungeduldig werden«, sagte Nygaard. »Die Karten müssen erst warm werden. Wir spielen doch erst seit einer Stunde.«

»Vielleicht waren es nur zwei lausige Bauern«, sagte Grimby und strich seine Chips ein. »Aber es waren meine Bauern, und sie waren gut genug, euch alle zu schlagen. Und in diesem Sinne überlasse ich jetzt Larry den Glücksstuhl des Hauses.«

Fields hatte seinen Mantel aufgehängt und nahm den Platz zwischen Pederson und Draxten ein, den Grimby freigemacht hatte. »Was kostet es, mich einzukaufen?« fragte er.

»Fünfzig Dollar. Bar auf die Hand«, sagte Pederson.

»Nur fünfzig?« Fields, die Brieftasche schon in der Hand, sah enttäuscht aus.

»Uns ist ein freundschaftliches Spiel lieber als Katastrophenpoker, Mr. Fields«, sagte Draxten bestimmt. Verläßlich, nüchtern und zäh wie er war, erinnerte Draxten an den Bernhardiner aus Peter Pan.

Fields zog zwei Zwanziger und einen Zehner aus einer prallgefüllten Brieftasche und schob sie schulterzuckend über den Tisch. »Meinetwegen. So wenig sind fünfzig ja nun auch wieder nicht.«

Wieso erinnert mich auf einmal jeder hier an einen Hund? dachte Nygaard. Pederson ist ein Terrier, Fields ein Bullenbeißer, Draxten ein Bernhardiner, und Balstad würde wirklich einen hervorragenden Pudel abgeben, mit seinem knallroten Pullover und dem lockigen, blonden Haar. Interessant. Amüsiert über seinen Ausflug ins Fantastische, aber ohne zu wollen, daß die anderen neugierig wurden, versteckte er sein Grinsen hinter seiner mächtigen Pranke – und dabei fiel sein Blick zufällig auf den Druck hinter der Bar. Da waren sie alle – der Pudel, der Terrier, der Bullenbeißer und der Bernhardiner – und eine Dänische Dogge. Dann werde ich wohl die Dänische Dogge sein müssen. Schade, daß es kein norwegischer Elchhund ist. Wie jeder Sohn Norwegens, nahm Nygaard den Unterschied zwischen Dänen und Norwegern sehr genau.

Pederson nahm Fields Geld und gab ihm eine Handvoll Chips und eine Einführung in die Hausregeln. »Die weißen Chips sind einen, die roten fünf und die blauen zehn Dollar wert. Erhöhungen sind auf zehn Dollar begrenzt. Der Geber sagt an. Gemauert wird nicht. Bilder sind tot, außer der Geber teilt sie sich selbst aus. Aus jedem Pott wird ein Dollar für die Unkosten unseres Gastgebers entnommen.«

Fields ging die ersten Spiele eher zurückhaltend an und versuchte, sich ein Bild von seinen Mitspielern zu machen und sich die restlichen Hausregeln einzuprägen. Für einen Mann von seiner Statur war er reichlich nervös. »Ich bin Raucher«, gestand er beim vierten Spiel, als er sah, daß Nygaard sich über sein unruhiges Gezappel wunderte. »Aber wie ich sehe, raucht sonst niemand, und ich bin durchaus bereit, mich für ein paar Stunden zusammenzureißen, wenn ich dafür wieder einmal spielen kann. Machen wir eigentlich eine Essenspause?«

»Heute nicht. Heute müssen wir schon um sechs aufhören, weil anschließend im Festsaal ein großer Abend stattfindet«, sagte Balstad.

Fields machte wieder ein enttäuschtes Gesicht, sagte aber nur: »Da kann man nichts machen.«

Balstad gab Karten. »Stud Poker mit sieben, meine Herren«, sagte er an. »Die Einsätze bitte.« Leise klappernd fielen weiße Chips in den Pott. Fields nahm seine beiden Karten auf, streichelte sie liebevoll, sah zu Nygaard hinüber, legte die Karten hin, stieß dabei seine Chips um und fing an, sie achtlos wieder aufzustapeln. Aber die ganze Zeit über wanderten seine Augen um den Tisch herum und beobachteten die anderen Spieler.

Nygaard sah sich seine eigenen Karten an: Kreuz-König und Herz-Sieben. In diesem Augenblick landete der Pik-König aufgedeckt vor ihm. Die nächsthöhere Karte auf dem Tisch war eine Zehn. Nygaard war durch Fields so abgelenkt, daß er völlig vergaß, daß er normalerweise immer sehr vorsichtig setzte, um die anderen Spieler nicht zu vergraulen. Er warf drei weiße Chips in den Pott »Eröffnet mit drei.«

»Passe«, sagte Balstad. »Wenn Thor jetzt schon drei setzt, hat er mindestens noch einen König in der Hinterhand.« Wie die meisten Pudel, ließ Balstad sich leicht ins Bockshorn jagen.

Draxten, der die Herz-Zehn hatte, hüllte sich in vornehmes Schweigen und ging mit.

»Ich gehe auch mit«, sagte Fields. Er hatte seine Karten wieder aufgenommen und spielte mit ihnen. Jetzt nahm er drei weiße Chips und setzte sie ein.

Blieb nur noch Pederson. Er hatte die Kreuz-Vier und Fünf auf der Hand. »Du bluffst ja nur, Thor«, sagte er.

Nygaard zuckte gleichmütig die Schultern.

»Ich wette, ich habe mindestens so viel wie du«, sagte Pederson, nahm einen roten Chip und warf ihn mit echter Terrier-Bravour auf den Tisch.

Fields »molk« seine beiden Karten, steckte sie in schneller Folge immer wieder hintereinander und sah sie zwischendurch an, als fürchte er, sie würden in letzter Sekunde die Farbe wechseln. Er zupfte an seiner Nase, schnüffelte laut, und legte die Karten schließlich verdeckt auf den Tisch. Aber Nygaard, der ein guter Beobachter war, entging nicht, daß Fields trotz all seinem Gezappel die anderen Spieler aufmerksam beobachtete.

»Willst du den ganzen Nachmittag so sitzenbleiben?« wollte Pederson wissen.

»Was? Oh!« Nygaard war so damit beschäftigt gewesen, dahinterzukommen, was Fields vorhatte, daß er nicht gemerkt hatte, daß er wieder an der Reihe war. Er befragte noch einmal seine Karten und warf mit sichtlichem Mißvergnügen zwei weitere Dollar in den Pott, um den Einsatz zu halten. Fields und Draxten gingen ebenfalls mit. Balstad gab noch einmal je eine Karte aus.

Nygaard gewann mit drei Königen. Er war durch Fields so abgelenkt worden, daß er sich nicht übertrieben gleichgültig verhielt, wodurch er sonst immer verriet, daß er ein gutes Blatt hatte.

Später, als Pederson wieder Stud-Poker mit sieben angesagt hatte, sagte er beim Geben der letzten Karten: »Und jetzt mal Hosen runter.«

»Ich liebe es, wenn du Poker-Jargon mit uns redest«, zog Balstad ihn auf, und Fields dröhnendes Lachen stand in einem angenehmen Kontrast zu Pedersons hohem, kläffendem Gelächter.

Aber Fields spielte immer noch sprunghaft, und Nygaard, der ebenfalls mitlachte, hätte nicht sagen können, was Balstad eigentlich gesagt hatte, so vertieft beobachtete er Fields. Was war bloß mit ihm los? Im Augenblick ließ er rote Chips durch seine Finger gleiten, sein zweiter Einkauf an diesem Nachmittag. Er hatte die ganze Zeit über verloren und manchmal geradezu wie ein blutiger Anfänger gespielt. Aber er kannte den Jargon der Oftspieler und war ein guter Bluffer.

Nygaard sah sich seine Karten an. Inzwischen hatte er seine heimlichen Beobachtungen des Neuen ganz gut mit in sein Spiel eingebaut. Er hatte vier Könige, zwar mit Hilfe von zwei wilden Karten – Pederson liebte die Spannung der wilden Karten – aber dennoch, ein sehr gutes Blatt. Er schüttelte den Kopf, schob wie bedauernd einen blauen und einen roten Chip in die Mitte und erhöhte damit um fünf. Am liebsten hätte er sogar um zehn erhöht, fürchtete aber, Pederson zu vergraulen.

Fields hatte noch mehr Chips kaufen müssen. Immer noch wirkte er nervös. Wenn er nicht mit seinen Karten spielte, fummelte er mit den Chips herum. Er steckte voller verräterischer Gesten. Er leckte sich die Lippen und rutschte auf seinem Stuhl herum, als freue er sich auf einen großen Gewinn, oder aber er rieb sich die Augenwinkel, als mache er sich Sorgen über ein mehr als mageres Blatt. Aber all diese Bewegungen hatten herzlich wenig damit zu tun, wie er spielte, oder wie das Ergebnis ausfiel. Nygaard wollte fast schon aufgeben und sagte sich, solange Fields ständig verlor, könne es nicht viel zu bedeuten haben.

Gegen halb fünf fragte Fields: »Wie wäre es, wenn wir das Limit für Erhöhungen raufsetzen? Sagen wir bis zum Doppelten des jeweiligen Einsatzes? Ich meine, ich will ja nicht mosern, aber ich würde doch ganz gerne wieder gesund werden, bevor wir nach Hause gehen. Ich habe schon zweimal neu einkaufen müssen.«

Für einen Mann, der so schlecht spielte, kannte er den Jargon ziemlich gut, dachte Nygaard. Aber das Grinsen von Fields war so verlegen, daß es ehrlich wirkte, und Nygaard zuckte die Schultern.
»Die Entscheidung liegt beim Geber.«
Draxten sah die Chips an, die vor ihm lagen. Er hatte den ganzen Nachmittag über gut, konsequent und erfolgreich gespielt. »Meinetwegen«, sagte er.
»Ich glaube, mir ist das ein bißchen zu gewagt«, sagte Balstad unbehaglich.
»Ich bin dafür«, wagte Pederson sich ebenfalls vor und überdachte noch einmal, wie weit er zurücklag. »Wenn es dir zu mulmig wird, Balstad, kannst du es ja wieder ändern, wenn du gibst.«
»Hmm«, sagte Balstad.
»Oh – kay«, sagte Fields händereibend. »Fünfer-Poker, Gesamtaustausch möglich, keine wilden Karten.«
Er gewann diesen Pott, in dem fast hundert Dollar lagen, paßte, als Pederson gab, verlor einen kleinen Betrag mit dem Blatt, das Nygaard austeilte, stieg aus, nachdem er bei Balstad getauscht hatte, und gewann wieder ganz hübsch, als Draxten gab.
Als er selbst wieder am Geben war, sagte er wieder Höchsteinsatz an. Nach dem Tauschen raffte Nygaard, der seine beiden Damen nicht hatte verbessern können, all seine schauspielerischen Fähigkeiten zusammen und bluffte so gut, daß alle bis auf Fields ausstiegen. Fields aber grinste nur und ging bei jeder Erhöhung mit, und gewann schließlich mit drei Fünfen. Nygaard runzelte die Stirn. Drei Fünfen waren eine ziemlich schwache Hand, um damit so hoch zu gehen. Warum war Fields so verdammt sicher gewesen, daß er Nygaard schlagen würde? Nygaard dachte zwei Runden lang darüber nach. Fields spielte jetzt hervorragend, gewann, wenn er es darauf anlegte und paßte, wenn es angebracht war. Als Pederson gab, stieg er wieder ziemlich schnell aus. Nygaards Stirnrunzeln vertiefte sich. Fields paßte jedesmal, wenn Pederson gab. Und Pederson sagte jedesmal Zweier oder einäugige Bauern, oder sogar Zweier und Dreier als wild an. Was hatte Fields gegen wilde Karten?
»Grimby, könnten wir ein neues Blatt haben?« fragte Nygaard, als er am Geben war. »Bei dem hier bekomme ich immer nur Luschen.«
»Aber sicher.«
Nygaard öffnete die Schachtel, sortierte die Joker aus und mischte ausgiebig. Pederson hob ab, und Nygaard sagte an: »Fünfer-Poker, fünf Dollar Limit auf Erhöhungen.« So langsam näherte er sich

nämlich dem Betrag, den er sich selbst als äußerste Grenze festgesetzt hatte, und er wollte nicht jetzt schon gezwungen sein, aus dem Spiel auszusteigen. »Nichts Wildes. Einsätze bitte.«

Bei diesem Spiel wurde Fields' Gezappel wieder stärker. Er fummelte unermüdlich an seinen Karten herum und ordnete sie immer wieder neu. Er spitzte die Lippen, pfiff leise vor sich hin, sah häufig von einem Spieler zum anderen, bemerkte irgendwann, daß Nygaard ihn beobachtete und fing an, seine Chips neu zu sortieren, sichtlich ungeduldig. Aber seine Ungeduld bezog sich nicht auf das Spiel. Er ging mit sichtlichem Zögern zwar mit, erhöhte aber nicht. Als Nygaard zum Austauschen aufforderte, zog Fields aufs Geratewohl drei Karten aus seinem Blatt, warf sie auf den Tisch und verlangte drei neue.

»Ich will zwei, aber bitte gute«, bettelte Balstad.

»Für mich eine«, sagte Draxten.

»Ich nehme auch drei«, sagte Pederson.

»Geber nimmt zwei«, sagte Nygaard und teilte die neuen Karten aus. »Ihr Einsatz, Larry.«

Fields griff sich ohne hinzusehen ein paar Chips, zählte sie und ließ sie auf den Tisch fallen. »Eins, zwei, drei, vier Dollar«, sagte er und fing wieder an, seine Karten umzuordnen.

»Hätte eine Straße oder auch ein Flush werden können«, murmelte Balstad und legte seine Karten hin. »Nichts. Ich bin weg.«

Pederson legte vier Chips in den Pott und ging mit.

Draxten sagte: »Die vier, und noch mal vier.«

Nygaard zahlte die acht und erhöhte um fünf. Dabei wußte er kaum, was für Karten er hatte. Er war viel zu beschäftigt, Fields nicht aus den Augen zu lassen. »Was ist mit Ihnen, Larry?«

Fields sah erst Nygaard und dann Draxten an. »Ich bin auch weg, glaube ich.« Er legte seine Karten zusammen und warf sie hin.

»Thors fünf, und dann noch –« fing Pederson an.

»Einen Moment«, sagte Nygaard und griff nach den Karten, die Fields hingelegt hatte, einschließlich der drei, die er vorhin abgeworfen hatte. »Ich will nur mal was nachprüfen.«

»He, das kannst du doch nicht machen. Das Spiel ist noch nicht vorbei!« beschwerte sich Pederson.

»Außerdem ist es gegen die Regeln, ein weggelegtes Blatt anzusehen«, warf Balstad ein.

»Gegen wessen Regeln? Unsere oder die, nach denen dieser Joker hier spielt?« Die Atmosphäre im Zimmer war plötzlich spannungsgeladen.

»Vorsichtig, Thor«, mahnte Draxten.

»Ich hoffe, Sie meinen damit nicht das, wonach es sich anhört«, plusterte Fields sich auf.

Nygaard rief: »Grimby, wo ist das alte Blatt?«

Grimby huschte nervös zur Bar und brachte das alte Blatt.

Nygaard nahm die Karten, sah sie durch und sortierte die Asse und die Bilder aus. »Mark, misch die und leg sie verdeckt auf den Tisch.«

»Meinetwegen. Aber ich hoffe, daß du auch wirklich weißt, was du tust.« Balstad mischte die Karten und legte sie vor Nygaard aus.

In der Zwischenzeit sah Nygaard sich die Karten an, die Fields im letzten Spiel gehabt hatte. »Sie haben ein As, einen Bauer und eine Dame weggeworfen, wie ich sehe«, sagte er. »Nicht besonders klug, oder?«

»Und?« sagte Fields, aber seine Stimme hatte einen wachsamen Klang.

»Und dann haben Sie dafür eine Dame, eine Zehn und eine Drei bekommen.«

»Stimmt. Ich habe meine zwei Herzen behalten und auf einen Flush gehofft.«

Die anderen Spieler runzelten die Stirn. Das war so dumm, daß nicht einmal ein Anfänger es machen würde.

Nygaard drehte das As, den Bauern und die beiden Damen um und vertiefte sich in das Studium ihrer Rückseiten. Dann sah er sich lange die alten Karten an. Nach einer Weile richtete er sich lächelnd auf. »Wollt ihr mal einen Zaubertrick sehen?« fragte er. Er streckte die Hand aus und tippte auf vier der Karten, die Balstad ausgelegt hatte.

»Die Damen«, sagte er und drehte sie um, um zu zeigen, daß er recht hatte.

»Heiliger Strohsack!« rief Balstad.

Nygaard sagte zu Fields: »Sie haben die ganze Zeit so herumgezappelt, um zu vertuschen, wie Sie die Karten markiert haben, nicht wahr? Wenn Sie sahen, daß ich Sie beobachtete, haben Sie die Karten schnell weggelegt und statt dessen mit den Chips gespielt.«

»Sie sind ein verdammter Lügner!« sagte Fields.

»Tatsächlich? Mir ist zum Beispiel aufgefallen, daß Sie immer ausgestiegen sind, wenn der Geber Karten als wild ansagte. Eine Handvoll wilder Karten konnten Sie nicht lesen, nicht wahr? Sie hatten keine Zeit, alle Karten zu markieren, deshalb haben Sie sich mit den Assen und den Bildern zufrieden gegeben«, sagte Nygaard und drehte vier weitere Karten aus dem alten Blatt um. Alles Asse.

Pederson kläffte: »Sie lausiger Betrüger!«

»Seien Sie ja vorsichtig«, fauchte Fields zurück. »Schließlich ist er es, der die Karten von hinten lesen kann.«

»O nein, mein Lieber«, sagte Nygaard. »Da bellen Sie den falschen Baum an. Das hier ist ein ganz neues Blatt. Ich habe die Markierungen von den Karten lesen gelernt, die *Sie* eben erst in der Hand hatten. *Ich* hatte diese Karten nur so lange in den Fingern, wie es dauerte, sie an Sie auszuteilen. Und ich habe sie dabei nur von hinten gesehen.«

»Woran erkennst du sie, Thor?« fragte Balstad.

»Seht ihr die kleinen Kerben in den Kanten? Die Asse sind ziemlich weit oben eingekerbt, die Könige ein Stück darunter, die Damen noch weiter unten, und die Bauern fast am unteren Rand. Vielleicht sollten wir uns einmal seine Fingernägel ansehen. Bestimmt ist einer davon scharfgefeilt. Oder vielleicht hat sein schöner Ring innen eine scharfe Kante –«

Fields sprang auf, das Gesicht dunkelrot. »Lassen Sie ja die Finger von meinem Ring! Sie wollen mich nur reinlegen. Sie werden so tun, als hätten Sie eine rauhe Stelle gefunden, um den Ring behalten zu können. Aber Sie kriegen ihn nicht. Der Ring ist gute neunhundert Dollar wert, und wenn Sie ihn mir wegnehmen, hetze ich Ihnen die Polizei auf den Hals. Darauf können Sie sich verlassen!«

Aus irgendeinem Grund rief diese Bemerkung allgemeines Gelächter hervor. »Was ist so verdammt komisch?« wollte Fields wütend wissen.

Nygaard grinste breit und sagte: »Vielleicht sollten wir uns noch einmal vorstellen. Ich bin Sergeant Thor Nygaard von der Kriminalpolizei Hedeby. Der Mann mit dem flauschigen Pullover ist Mark Balstad, unser Staatsanwalt. Nils Pederson, der mit der Piepsstimme, ist so ziemlich der beste Strafverteidiger, den es in Hedeby gibt. Und der große Kerl da drüben mit den traurigen Augen und dem zweitgrößten Haufen Chips ist Tillam Draxten, unser Bezirksrichter.«

Fields' dunkelrotes Gesicht wurde teigig blaß. »Das gibt's doch nicht«, flüsterte er. Und dann lauter: »Was ist denn das hier für eine verrückte Stadt? Poker ist ein verbotenes Glücksspiel!«

»Wissen wir«, sagte Nygaard. »Deshalb müssen wir uns ja auch in Grimbys Keller verstecken, wenn wir es spielen wollen.«

»Dann wissen Sie ja auch, daß Sie niemanden wegen Mogelei bei einem verbotenen Spiel belangen können.«

»Er hat recht«, sagte Staatsanwalt Balstad. »Ich würde nie im Leben Anklage erheben.«

»Und wenn er es täte, würde ich ihn mit geschlossenen Augen freibekommen«, sagte Strafverteidiger Pederson.

»Und ich würde die Anklage gar nicht erst zulassen«, sagte Richter Draxten.

»Sehen Sie«, sagte Fields. »Also schön, Sie haben mich erwischt. Behalten Sie meinen Gewinn, geben Sie mir die hundertfünfzig zurück, mit denen ich gekommen bin, und ich verschwinde.« Er fing an, seine Chips einzusammeln.

Aber eine kräftige Hand legte sich um sein Handgelenk und drückte zu. Fields ließ die blauen Chips fallen, die er schon aufgerafft hatte, drehte sich um und sah den größten Mann im Zimmer drohend über sich stehen.

»Pfoten weg!« sagte Nygaard.

»Nimm ihn mit raus und prügele ihn ein bißchen durch, Thor«, schlug Grimby vor, der gerade mit einem Kinderbaseballschläger von der Bar zurückkam, den er nun in seine Handfläche klatschen ließ. »Wenn du willst, helfe ich dir gerne.«

»Also schön, also schön«, schnaubte Fields. »Behalten Sie das ganze Geld. Es ist zwar brutaler Straßenraub, aber behalten Sie es ruhig. Und jetzt lassen Sie mich gefälligst los.«

»Nein«, sagte Nygaard. Er war sehr wütend. Fields sah sein zorniges Gesicht bedrohlich nahe vor sich.

»Beruhige dich, Thor«, sagte Balstad nervös.

»Warum sollte er?« fragte Pederson, der den ganzen Nachmittag über verloren hatte.

»Einen Moment«, fuhr Richter Draxten mit richterlicher Autorität dazwischen. Alle drehten sich zu ihm um. »Laßt uns nichts überstürzen oder gar etwas Illegales tun. Der Mann ist ein Betrüger, das ist klar. Aber er wurde entlarvt, bevor er sich mit unserem Geld davonmachen konnte. Ich denke, wir sollten ihm das Geld abnehmen, um das er uns betrogen hat, und ihn laufenlassen. Was meinen Sie dazu, Mr. Balstad?«

»Hört sich fair an.«

»Ich finde, er müßte wenigstens die Karten aufessen, die er markiert hat«, sagte Pederson.

Draxten warf einen Blick auf seine Uhr. »Dazu ist es zu spät. Es ist schon nach sechs, und um halb acht müssen wir gestriegelt und geschniegelt im Festsaal erscheinen.«

Balstad stand auf. »Was, schon so spät?« Er wohnte ein gutes Stück außerhalb der Stadt und würde bei den verschneiten Straßen ziemlich lange für den Weg brauchen. Er fing an, seine Chips einzusammeln. »Zahl mich aus, Nils. Ihr anderen müßt ohne mich entscheiden, was ihr mit unserem Freund machen wollt. Ich würde euch raten, ihm zur Strafe alles abzunehmen, was er auf dem Tisch hat, und ihn dann laufenzulassen.« Er tauschte seine Chips gegen siebenundvierzig Dollar ein und ging.

»Ich finde immer noch, wir sollten ihn ein bißchen verprügeln«, sagte Grimby hoffnungsvoll. Er hatte sich mit seinem Baseballschläger als Wache vor der Tür postiert.

»Paßt jedenfalls auf, daß ihr keine Spuren von Gewaltanwendung hinterlaßt«, rief Anwalt Pederson. »Sonst verklagt er euch noch.«

»Das Geld, das auf dem Tisch liegt«, sagte Fields, »ist alles, was ich habe.«

»Blödsinn!« bellte Pederson. »Sie haben bedeutend mehr dabei. Ich habe Ihre Brieftasche gesehen, als Sie sich das zweite Mal eingekauft haben. Und außerdem haben Sie mehr Kreditkarten als wir alle zusammen.«

»Nur eine, Thor«, flehte Grimby. »Zieh ihm nur eine einzige über. Oder laß es mich machen.«

»Halt den Mund, Grimby«, sagte Nygaard.

»Laß ihn laufen, Thor«, sagte Draxten.

»Wenn ich nur etwas wüßte, was gerecht, legal und gemein ist«, sagte Nygaard.

»Ich glaube nicht, daß es so etwas gibt«, sagte Draxten. »Aber wenn dir etwas in der Richtung einfällt, meinen Segen hast du. Und jetzt verabschiede ich mich. Nils, zahl mich bitte aus. Und wenn du mitgenommen werden willst, mußt du jetzt sofort mitkommen.«

Pederson zögerte, hin und her gerissen. »Meinetwegen«, sagte er schließlich. »Gib mir deine Chips. Und du läßt mich wissen, wozu du dich entschieden hast. Nicht wahr, Thor?«

»Klar.«

Pederson löste alle Chips ein und verabschiedete sich zusammen mit Draxten. Jetzt war Nygaard, abgesehen von Grimby, mit seinem Gefangenen allein im Keller.

»Grimby? Darf ich mal dein Telefon benutzen?« fragte Nygaard.

»Sicher. Wirst du ihn jetzt verprügeln oder nicht?«

»Nein. Ich bin so wütend, daß ich ihn vielleicht aus Versehen umbringen würde. Und dann gäbe es nur Stunk.«

»Wenn wir ihn einfach rauswerfen, fängt er erst im nächsten Frühjahr zu stinken an«, grinste Grimby. Aber er kam zu dem Schluß, daß Nygaard nichts unternehmen würde, was das Zuschauen lohnte, wenigstens nicht jetzt sofort, und so sagte er: »Ich muß mich noch duschen und umziehen. Wir sehen uns dann beim Essen, ja?«

»Sicher«, sagte Nygaard geistesabwesend. Mit der einen Hand hielt er Fields fest, mit der anderen wählte er. »Hallo, Jack? Ich bin's, Thor.«

Jack Hafner war Nygaards Partner und ein kühler Kopf. Als er hörte, was Nygaard vorzubringen hatte, lachte er nur. »Leider muß ich dem Richter recht geben, Thor. Ich denke, es bleibt dir nichts anderes übrig, als ihn laufenzulassen.«

Nygaard machte eine unfeine Bemerkung über Jacks Mangel an Phantasie, hängte ein und sagte zu Fields: »Vielleicht sollte ich Sie barfuß in den Schnee jagen. Und Ihre Autoschlüssel in einen Gulli werfen, wenn ich unter all dem Schnee nur einen finden könnte.«

»Wenn Sie das tun, oder ich hinterher sonst ein Zeichen für Gewaltanwendung am Leib habe«, drohte Fields, »gehe ich mit der Geschichte Ihrer kleinen Pokerrunde zur Zeitung. Das wird dann sicher nicht sehr angenehm für alle Beteiligten.«

»Mit so einem Vorwurf wäre nicht zu spaßen«, nickte Nygaard. »Der Fall müßte genau untersucht werden. Sie müßten wir natürlich als Zeugen hierbehalten. Und wer weiß, wie lange es dauert, einen Richter von außerhalb zu bekommen.«

Fields grinste. »Kann schon sein, aber zum Schluß wären Sie doch Ihre Marke los. Ich habe fast das Gefühl, das hier ist ein klassisches Patt.« Und dann machte Fields einen Vorschlag zur Güte. »Wissen Sie was, behalten Sie das Geld. Ich lege sogar noch fünfzig Dollar drauf. Sie müssen nicht einmal teilen. Sie können ja sagen, daß Sie mir alles zurückgegeben haben. Ich verspreche, daß ich die Stadt noch heute abend verlasse. Niemand wird etwas davon erfahren.«

Nygaards fjordblaue Augen wurden hell wie Eis. »Dieser Bestechungsversuch ist noch dümmer als der Betrug von vorhin«, sagte er, nahm das Geld vom Tisch und steckte es in seine Tasche, um es später zu verteilen. »Aber Sie verlassen die Stadt, keine Bange. Und ich werde dafür sorgen, daß Sie niemals wieder zurückkommen.« Die Doppeldeutigkeit dieser Aussage ließ Fields in ängstliches Schweigen versinken.

»Verdammt noch mal, Thor! Du kannst ihn doch nicht hierher mitbringen!« zischte Balstad. »Erstens hat er keine Einladung, und zweitens ist er kein Norweger.«

»Nicht so laut, Mark. Er ist mein Gast. Jeder von uns hat das Recht, einen Gast mitzubringen, oder vielleicht nicht? Und da Judy heute abend in der Küche hilft, bringe ich eben meinen Freund Mr. Fields mit.« Nygaard sah grinsend auf den anderen Mann hinunter. Seine großen, weißen Zähne blitzten. »So habe ich wenigstens Zeit, mir etwas Gerechtes, Gemeines und vielleicht sogar Legales einfallen zu lassen.«

Fields hatte es aufgegeben, mit Nygaard zu diskutieren. Er sah müde und ein bißchen deprimiert aus. Selbst der Diamant an seinem kleinen Finger schien seinen Glanz verloren zu haben. Nygaard hatte Fields mit nach Hause genommen und ihn mit Handschellen an den Kühlschrank gefesselt, während er duschte und sich umzog, und dann hatte er ihn in einem Tempo zum Festsaal gefahren, daß es Fields in Anbetracht der Straßenverhältnisse angst und bange wurde. Fields wußte, daß Nygaard jetzt mehr aus Störrigkeit denn aus Ärger handelte, aber er erinnerte sich noch gut an den Blick des großen Mannes, den er sich bei seinem Bestechungsversuch eingefangen hatte. Nichts lag Fields ferner, als sich einen derartigen Blick noch einmal zuzuziehen.

Die Tür des Fahrstuhls glitt auf, und der Geruch nach etwas Warmem und Feuchtem schlug über ihnen zusammen.

Fields zuckte zurück. »Was ist das denn?«

»Was ist was?« fragte Nygaard zurück und zerrte ihn aus dem Fahrstuhl.

»Der Geruch!«

»Welcher Geruch?«

»Das ist Lutefisk«, sagte Balstad und nahm wie ehrerbietig den Hut ab. Dann atmete er gierig ein. »Torsk.«

»Torsk?«

»Das ist norwegisch für Dorsch.«

»Hier lang«, sagte Nygaard ungeduldig und schleppte Fields durch den Gang zu einer Tür, vor der eine hübsche junge Frau Dollarscheine zählte und sie stapelweise mit Gummiband umwickelte.

»Schönen guten Abend, Thor Nygaard«, sagte sie. »Ich habe schon gedacht, Sie schaffen es nicht.« In ihrer Stimme lag ein merkwürdiger Singsang, als werde sie von kleinen Wellen getragen.

»Aber Inga, wie könnte ich den heutigen Abend verpassen, wo ich doch weiß, daß Sie an der Kasse sitzen, um mich zu begrüßen.« Er zeigte ihr eine gelbe Karte.

Sie wurde ein bißchen rot und winkte abwehrend. »Rein mit

Ihnen«, sagte sie. »Und heben Sie die Karte gut auf. Die Auslosung ist nächste Woche.«

»Gibt es noch Karten?«

Sie sah in ihre Kassette. »Ja, noch drei oder vier.«

»Sehr schön. Mein Freund hier freut sich schon sehr auf ein richtiges norwegisches Essen nach alter Art.«

Damit gab Nygaard Fields einen Schubs, der daraufhin seine Brieftasche zog. »Was kostet es?« fragte er.

»Sieben Dollar fünfzig«, sagte sie. Er zahlte und erhielt ebenfalls eine gelbe Karte. »Wie heißen Sie mit Nachnamen?« erkundigte sie sich dann neugierig.

»Fields.«

»Oh, dann stammt also Ihre Mutter aus Norwegen?«

»Nein. Das heißt, ja«, schaltete er schnell um, als er sich wieder energisch angeschubst fühlte. »Ihr Mädchenname war Johannsen.«

Sie runzelte die Stirn. »Ist Johannsen nicht ein schwedischer Name?«

»Äh – ja. Aber ihre Eltern sind nach Norwegen gezogen, bevor sie auf die Welt kam.«

»Ach so, na dann herzlich willkommen«, lächelte sie und gab ihm sein Wechselgeld.

»Vielen Dank«, sagte Fields.

Der Raum war voller Menschen, viele von ihnen groß, die meisten von ihnen blond und zum größten Teil mit geeisten Gläsern versorgt, die aufmunternd klingelten. In einer Ecke stand eine Bar. »Ein Drink wäre jetzt nicht schlecht«, sagte Fields. Aber Nygaard ignorierte den Wink mit dem Zaunpfahl. Er sah sich nach bekannten Gesichtern um und grüßte winkend und grinsend.

Ein großer Mann mit einem mächtigen, roten Schnurrbart baute sich vor Nygaard auf und sagte kriegerisch durch eine Wolke von Whiskydämpfen: »Ich habe gehört, daß unsere Notrufnummer 911 geändert werden soll.«

»Wieso das, Sven?« fragte Nygaard.

»Weil keiner von uns Norwegern Elfen auf der Wählscheibe findet.«

Fields war auf eine Explosion vorbereitet, aber als sie tatsächlich kam, war es in Form von Gelächter. Thor schlug dem Mann auf die Schulter und lachte: »Haahaahaa! Den muß ich mir merken!« Dann schubste er Fields an, der gehorsam, wenn auch leicht verwirrt, ebenfalls leise lachte.

Dann kam eine durchaus ehrbar wirkende junge Frau zu ihnen und erzählte einen überraschend gewagten Witz über einen gewissen Ole und eine gewisse Lena, bei dem die Norweger ebenfalls nicht besonders gut wegkamen. Und wieder lachte Nygaard sein dröhnendes Lachen.

Fields wartete, bis die junge Frau gegangen war, dann fragte er: »Wenn Sie alle Norweger sind, wieso erzählen Sie dann keine Witze über die Deutschen oder sonstwen?«

»Dänenwitze«, sagte Nygaard. »Manchmal erzählen wir Dänenwitze. Aber meistens Witze über uns selbst.«

»Das verstehe ich nicht.«

»Na ja«, sagte Nygaard. »Am liebsten würden wir eigentlich Polenwitze erzählen, aber die verstehen wir selber nicht.« Und er lachte sein dröhnendes Haahaahaa. Immer noch grinsend sah er auf Fields hinunter. »Wissen Sie, irgendwie habe ich das Gefühl, daß Sie von der Polizei in International Falls gesucht werden. Vielleicht sollte ich Sie in eine Zelle verfrachten und warten, bis jemand von denen kommen kann, um Sie zu identifizieren. Das könnte vier oder fünf Tage dauern, wenn es so weiterschneit, was nach Meinung der Wetterfritzen sehr wahrscheinlich ist. Jedenfalls wäre das legal.«

Fields wagte den Einwand, daß das Amtsmißbrauch sein könnte.

»Ach was. Eine Verwechslung kann schließlich immer mal vorkommen. Aber andererseits ist Tommy Olsen bestimmt sauer auf mich, wenn er wegen einem falschen Alarm den ganzen Weg herkommen muß. Und wenn er sehr sauer ist, leiht er mir im Sommer vielleicht seine Hütte an den Boundary Waters nicht. Und was mache ich dann? Ein Sommer ohne Angeln an den Boundary Waters?« Mit einem tiefen Seufzer des Bedauerns ließ Nygaard die Idee wieder fallen. Er erneuerte seinen Griff um den Arm des unglücklichen Falschspielers und schob sich mit ihm langsam zu den Doppeltüren am hinteren Ende der Empfangshalle vor. Der Geruch nach etwas, das gewaltsam dem Meer entrissen und anschließend grausam mißhandelt worden war, wurde immer stärker.

Fields murmelte zögernd, er mache sich nicht besonders viel aus Fisch, und wie zur Bestätigung füllte ein tiefer, stöhnender Laut den Raum, der jede Unterhaltung zum Versiegen brachte.

»Das Lur-Horn«, sagte Nygaard glücklich. »Gehen wir essen!«

Der Speisesaal war sehr groß. Die beiden Längswände waren mit schmalen, horizontal angeordneten Holzbrettern verkleidet, die sich an einem Ende aufwärts bogen und den Eindruck erweckten, als befände der Raum sich im Inneren eines gewaltigen Segelschiffs. Mehrere Dutzend Tische waren mit weißen Papiertischdecken gedeckt. An einer Wand ohne Holzverkleidung an der Schmalseite des Raumes hing eine große amerikanische Flagge, flankiert von zwei norwegischen Flaggen, die wiederum von mörderisch aussehenden Schlachtäxten und messingbeschlagenen Schildern flankiert wurden.

»Es muß ja eine Unmenge Norweger hier geben, wenn Sie sich einen so großen Vereinssaal leisten können«, sagte Fields.

»Stimmt, wir sind eine ganze Menge«, sagte Nygaard und führte Fields zu einem Tisch ziemlich weit vorne. »Sagen Sie mal, verkaufen Sie eigentlich auch Ski-Anzüge?«

»Nein, natürlich nicht.«

»Was wollen Sie denn dann in Minnesota? Hier oben sind Ski-Anzüge im Winter fast so was wie eine Uniform. Für was für eine Sportfirma arbeiten Sie eigentlich?«

»Für eine sehr gute.« Fields roch – abgesehen von dem Fisch – einen weiteren von Nygaards fürchterlichen Plänen. »Sind Sie an einem Ski-Anzug interessiert?«

»Nein, ich habe schon einen. Aber Sie haben mir meinen Plan verdorben. Ich hatte nämlich gedacht, Ihr Gepäck könnte aus Versehen vertauscht werden. Angenommen, es käme in den Bus, der vom Walhalla zum Flughafen fährt? Und angenommen, es würde in Cancun, in Mexiko landen? Dann wären Sie vielleicht dankbar für einen Ski-Anzug, bis die Fluggesellschaft Ihr Gepäck wieder herbeischafft.«

»Und wie kämen Sie an mein Gepäck, ohne in mein Hotelzimmer einzubrechen? Die Hotelverwaltung wäre davon vielleicht nicht sehr begeistert. Ich könnte mir denken, daß sie bei der Polizei darauf drängen würde, daß der Einbruch schnellstmöglich aufgeklärt wird.«

»Das könnte natürlich sehr gut sein«, sagte Nygaard, und Fields stieß einen unhörbaren Seufzer der Erleichterung aus.

Sie nahmen an einem Tisch Platz, der mit weißen Porzellantellern und weißen Kaffeebechern für sechs Personen gedeckt war. Der Geruch nach Fisch wurde immer penetranter. Nygaard winkte mit beiden Armen, woraufhin Richter Draxten und seine Gemahlin, eine winzige Frau mit grauen Augen und grauem Haar, zu ihnen an den Tisch kamen.

»Ich dachte, du wärst Mr. Fields längst losgeworden«, sagte Draxten, als sie sich setzten.

»Tillmann, wie kann man nur so unhöflich sein«, tadelte Mrs. Draxten. »Ich finde es sehr nett von Sergeant Nygaard, ihn zu unserer guten norwegischen Küche einzuladen.«

»Ein Hamburger hätte es auch getan«, murmelte Fields vor sich hin, aber nicht leise genug. Ein energischer Ellbogen bohrte sich in seine Rippen, und er fügte hastig hinzu: »Aber natürlich freue ich mich schon sehr auf ein interessantes Mahl.«

Ein elektronisches Kreischen war zu hören, und alle Augen wandten sich nach vorne zum Podium unter der amerikanischen Flagge. Ein hochgewachsener Mann mit goldenem Haar richtete das Mikrofon. Neben ihm stand ein winziges kleines Mädchen in einem rosa Kleid.

»Hallo!« sagte der Mann, und seine Stimme wurde mit einem ohrenbetäubenden Dröhnen bis in die hintersten Winkel des Raumes vervielfältigt. Hände flogen an Ohren. Der Mann runzelte die Stirn. Als er nach einer kurzen Pause erneut das Wort ergriff, war seine Stimme ganz weg. Seine Lippen bewegten sich, ohne daß etwas kam. Aber schließlich hörte man ihn in fast normaler Lautstärke sagen: »– zwei, drei, Test, Test, eins, zwei, drei. So ist es besser. Willkommen zum Lutefisk-Essen. Aus der Küche höre ich, daß alles bereit ist, und so will ich jetzt ohne große Worte die kleine Astrid vorstellen, die für uns alle sprechen wird.« Er bückte sich und hob das kleine Mädchen hoch, dessen Haar so hell war, daß es unter dem Scheinwerferlicht fast weiß wirkte. Die Kleine umklammerte das Mikrofon, beugte sich weit vor, daß sie fast in der Luft lag, sah, wie viele Augen auf sie gerichtet waren und verlor den Mut.

»Na los, Liebling«, rief jemand von einem nahegelegenen Tisch, und das kleine Mädchen bedankte sich mit einem schüchternen Lächeln für die Aufmunterung.

»Okay«, sagte die Kleine, holte tief Luft und sagte hastig auf: »*I Jesus' Navn gar gi til bords, Spider, drikker pa dit ord, Dig til aere, od til gavn, Sa far vi mat i Jesus' Navn.*«

Plötzlich sah Fields, daß er der einzige im ganzen Raum war, der den Kopf nicht gesenkt hatte. Die Kleine sprach ein Tischgebet, ging ihm auf, und als Nygaard ihn wieder einmal anschubste, sagte er laut und deutlich: »Amen.«

Ein Kellner stellte zwei Platten auf den Tisch, eine davon mit weißlichen, dünnen, schlaffen Vierecken beladen, die andere mit blassen, sommersprossigen Rechtecken von der Größe von Käsecrakkern.

»Knäckebrot«, sagte Nygaard und nahm sich eines der kleinen

Rechtecke. »Aus Hafermehl. Versuchen Sie mal.«

Fields probierte. In der Konsistenz erinnerte es an ein Stück Pappe, das im Winter zu lange unter einem Busch gelegen hatte, aber es schmeckte nicht einmal schlecht.

Auch die schlaffen Dinger schmeckten nicht schlecht, aber auch nicht gut. Sie hatten gar keinen Geschmack.

»Das ist Kartoffelbrot«, erklärte Mrs. Draxten und zeigte ihm, wie man das Zeug zum Dreieck falten und mit Butter beschmieren mußte. »Mit ein bißchen Zucker schmeckt es noch besser«, riet sie ihm und streute Zucker auf ihr Kartoffelbrotdreieck.

Fields tat es ihr nach und bestätigte, daß der Zucker tatsächlich eine Verbesserung darstellte. Seine Stimmung hob sich. Vielleicht war das Essen ja doch nicht so schrecklich, wie er anfangs befürchtet hatte.

»Ihre Mutter scheint nicht sehr oft norwegisch gekocht zu haben«, sagte Mrs. Draxten.

»Nein, Madam.«

»Pech für Sie«, sagte Nygaard. »Keiner kocht Fisch wie wir Skandinavier.«

»Was wahrscheinlich der Grund dafür ist, daß unsere Vorfahren lieber Wikinger wurden«, sagte eine fremde Stimme hinter ihnen.

»Jack!« rief Nygaard erfreut.

Hafner, ein kräftiger Mann mit dunklen Haaren und grauen Augen lächelte sie alle an. »Kann ich den leeren Stuhl haben, oder ist er für jemand anderen reserviert?«

»Setz dich, setz dich«, sagte Nygaard.

Hafner setzte sich und grinste. »Und Sie sind sicher Mr. Fields. Ich habe gedacht, Thor hätte Ihnen längst den Laufpaß gegeben.«

»Nein, habe ich nicht«, sagte Nygaard. »Noch nicht. Vielleicht sollte ich ihn in einen Tätowierschuppen bringen und ihm auf jeden Handrücken einen Hai eintätowieren lassen. Oder gilt das auch als Gewaltanwendung?«

Hafner lachte. Mrs. Draxten fragte: »Wieso einen Hai?«

»Weil er ein Kartenhai ist«, antwortete der Richter. »Er hat beim Pokern heute nachmittag falsch gespielt.«

Mrs. Draxten sah Fields mit Augen an, die die Farbe eines winterlichen Meeres angenommen hatten. »Pfui, junger Mann. Hoffentlich schämen Sie sich wenigstens.«

»Ich denke schon«, sagte Fields mit einem Blick in Nygaards Richtung.

In diesem Augenblick brachte ein Kellner im dunklen Anzug eine weitere, riesige Platte, auf der ein Berg weißer Scheiben von etwas lag, das nach alten Fischernetzen roch. Der Lutefisk war da. Nygaard angelte sich geschickt das größte Stück vom Berg und bestand höflich darauf, Fields müsse das zweitgrößte bekommen.

Hafner fragte: »Wissen Sie eigentlich, was Lutefisk ist, Mr. Fields?«

Fields sah stirnrunzelnd auf das wabbelige weiße Ding auf seinem Teller und schüttelte den Kopf.

»Es ist ein hochinteressantes Gericht aus Dorsch oder Kabeljau. Schon im Mittelalter hat man es gegessen, lange bevor es Kühlschränke gab. Nach dem Fangen wird der Fisch eingesalzen und getrocknet. Auf diese Weise hält er sich monatelang. Wenn man dann Lust auf Fisch hat, es aber zu kalt ist, um fischen zu gehen, holt man den Lutefisk hervor. Der ist natürlich so hart wie ein Brett. Also legt man ihn in Lake ein, um ihn weich zu machen. Die Lake zersetzt die Fasern und läßt die Gräten zu Gelee schmelzen. Um herauszufinden, ob der Fisch gut ist, nimmt man ihn zwischen Daumen und Zeigefinger und drückt, und wenn man seine Finger deutlich spürt, ist es fast soweit. Nun legt man den Fisch ein oder zwei Tage in frisches Wasser, damit die Lake ausgespült wird, dann kocht man ihn ein paar Stunden lang, um sicherzugehen, daß er auch durch und durch weich ist, und dann serviert man ihn so, wie Sie es hier sehen. Das Stück Fisch auf Ihrem Teller wurde letzten Sommer gefangen und hat in seinem ganzen Leben noch keinen Kühlschrank gesehen.«

»Kaum zu glauben«, murmelte Fields und beäugte das sehr große Stück Lutefisk, das Nygaard ihm aufgetan hatte. Neben ihm goß Nygaard gerade zerlassene Butter über seine Portion. Er bestritt weder die eben gehörte Beschreibung, noch brach er in sein dröhnendes Haahaahaa aus, dem man hätte entnehmen können, daß das ganze ein Witz war.

»Hervorragend«, sagte Thor nach der ersten Gabel. »Essen Sie, Larry.« Fields spürte einen kräftigen Ellbogen.

Er probierte einen winzigen Bissen und entdeckte das zweifelhafte Vergnügen, eine Art Wackelpudding mit Fischgeschmack herunterschlucken zu müssen. »Könnte ich bitte die Butter haben?« sagte er niedergeschlagen.

»Da sind ja auch die Kartoffeln«, sagte Nygaard. Kartoffeln auf norwegische Art werden so lange gekocht, bis sie fast zerfallen, dann schüttelt man sie so lange in einem Sieb, bis sie ganz trocken und mehlig sind. Aber immerhin behandelt man sie nicht mit Lake, und sie schmecken auch nicht nach Fisch. Fields nahm sich zwei, um den widerlichen Geschmack aus dem Mund zu bekommen.

Eine weitere Schüssel wurde aufgetragen. »Ah, die Rutabagas!« sagte Hafner erfreut. »Man kocht sie in Milch, in der vorher Schweinefleisch eingelegt war, damit sie den Fleischgeschmack annimmt.«

Bevor Fields ein »Für mich bitte nicht« hervorstoßen konnte, hatte Nygaard ihm einen riesigen Klecks des Breis auf den Teller gelöffelt.

»Hier kann man sich für sein Geld wenigstens sattessen«, sagte Nygaard aufgekratzt und tat sich selbst eine gewaltige Portion auf. »Essen Sie, Larry. Wer weiß, wann Sie das nächste Mal so ein Essen vorgesetzt bekommen.«

Mit fast übermenschlicher Anstrengung aß Fields den größten Teil seines Fisches und die Hälfte seiner Rutabagas. »Ich – ich habe heute gar keinen richtigen Appetit«, sagte er ängstlich, als er Nygaards kritischen Blick auf sich spürte.

»Kein Wunder«, sagte Mrs. Draxten. »Wo Sie hier zwischen all diesen netten Leuten sitzen, obwohl Sie eigentlich ins Gefängnis gehören.«

»Sergeant Nygaard war erst auch dieser Meinung«, seufzte Fields. »Aber ich fürchte, ich habe es ihm ausgeredet.«

Nygaard sah ihn an und sagte: »Ich wußte ja, daß es Ihnen schmecken würde. Hier, nehmen Sie noch etwas Lutefisk.« Und er legte Fields mit der sorglosen Großzügigkeit eines Mannes, der für mehr bezahlt hat, als er essen kann, ein weiteres Stück Fisch auf den Teller. Anschließend bediente er sich selbst und griff nach dem Kännchen mit der zerlassenen Butter. Das Kännchen war eben erst gebracht worden und noch heiß, und Nygaard setzte es so hastig wieder ab, daß er die Butter verkleckerte. »*Uff da*«, sagte er.

»*Uff da?*« fragte Fields.

Hafner erklärte. »Wenn ein Norweger die Mülltüte rausbringt, und sie aufplatzt, und der ganze Mist auf seine besten Sonntagsschuhe rieselt, sagt er ›*uff da*‹. Wenn er nach Hause kommt und feststellt, daß seine Frau mit dem Milchmann durchgebrannt ist, sagt er ›*uff da*‹. Wenn er im Radio hört, daß aus Versehen ein nuklearer Sprengkopf gestartet wurde und in dreißig Sekunden in seinem Vorgarten landen wird, sagt er ›*uff da*‹.«

Alle lachten, und Nygaard sagte: »Ich würde zwar wie ein wildgewordener Handfeger in die Berge flitzen, aber du hast recht. Unterwegs würde ich dauernd ›*uff da, uff da*‹ vor mich hinmurmeln. Na los, Larry, nicht müde werden. Essen Sie. Essen Sie.«

Fields versuchte, Zeit zu schinden, und zeigte auf eine Reihe runder Holzteller, die an der Wand hingen. »Was bedeuten die Worte auf dem blauen Teller?« fragte er. Wenn Nygaard ihn doch nur in Ruhe lassen würde. Wenn er noch einen weiteren Bissen schlucken mußte, würde er am ganzen Körper weiße Schuppen bekommen. Wenn der Mann doch nur nicht so groß und stark wäre. Und das schlimmste war, daß Nygaard auch noch glaubte, nett zu ihm zu sein. Wenn das hier nett war, dann stehe der Himmel ihm bei, wenn das an der Reihe war, was Nygaard für Gerechtigkeit hielt – oder gar Rache. Und genau darauf war er fixiert.

Mrs. Draxten sah auf die Holzteller an der Wand. »*Smuler er orgsaa brod*«, sagte sie und schwieg einen Augenblick, um erst einmal still für sich zu übersetzen. »Es bedeutet, ›Krümel sind auch Brot‹.«

Fields runzelte die Stirn. »Hat es noch eine andere Bedeutung?«

»Es bedeutet genau das, was es sagt, Mr. Fields.«

»Ja, aber das scheint mir doch ein bißchen sinnl –« Er unterbrach sich mit einem nervösen Seitenblick auf Nygaard. »Ich meine, es klingt nicht sehr bedeutsam, wenn man bedenkt, welche Mühe sich jemand gemacht hat, es in Holz zu schnitzen und an die Wand zu hängen.« Die Buchstaben waren kunstvoll verschnörkelt und mit weißen und gelben Blütenranken verziert.

Sie runzelte die Stirn über seine Begriffsstutzigkeit. »Es bedeutet, daß man sich bescheiden soll. Wenn wir um unser tägliches Brot bitten, sollen wir froh sein, wenn wir wenigstens ein paar Krümel bekommen.«

»So wie ich mich wahrscheinlich damit bescheiden muß, Sie nur ein einziges Mal auf die Nase zu boxen«, sagte Nygaard und lachte sein mächtiges Lachen. Fields sah sich Nygaards Hände an und zuckte innerlich zusammen. Vielleicht sollte er einfach aufspringen und dem großen Polizisten den Stuhl über den dicken, dummen, blonden Schädel hauen. Aber nein – gleich neben ihm saß ja sein Partner. Polizisten hatten immer Waffen dabei, und nur der Himmel wußte, was für Schützen die beiden waren. Nygaard warf Fields einen Blick zu. Fields stopfte sich hastig einen Bissen Lutefisk in den Mund. So schrecklich der Lutefisk auch war, die Rutabagas waren noch schrecklicher.

»Ah, Nachtisch«, sagte Nygaard endlich, und Fields legte dankbar seine Gabel hin. Nich einmal Norweger konnten sich als Nachtisch etwas wahrhaft Fürchterliches einfallen lassen, oder?

»Backpflaumenkompott«, sagte der unerschütterliche Hafner.

»Äh –« fing Fields an, aber Nygaard war zu schnell für ihn. »Davon wollen Sie sicher eine ganze Menge«, sagte er. »Sie haben ja sonst kaum was gegessen.«

»Nein, wirklich, höchstens einen Löffel«, bettelte Fields, aber Nygaard klatschte ihm bereits eine zweite Kelle voll auf den Teller.

In diesem Augenblick fing Hafner an zu lachen. »Ich kann nicht mehr! Ich kann nicht mehr!« ächzte er zwischen Lachsalven und schlug seinem Freund Nygaard immer wieder auf die Schulter.

Nygaard reichte ihm die Kompottschüssel und fragte besorgt: »Bist du krank, Jack?«

»Nein, mir geht es prima«, sagte Hafner, gab die Schüssel weiter und prustete erneut los.

»Was ist denn so komisch?« wollte Nygaard ungeduldig wissen.

Überrascht, aber immer noch lachend, fragte Hafner: »Soll das heißen, du weißt es wirklich nicht?«

»Was soll ich wissen?«

»Na, deine Strafe für deinen falschspielenden Freund hier«, sagte Hafner. »Ich hätte nie gedacht, daß dir so etwas Hinterhältiges ausdenken würdest.«

»Wieso hinterhältig?« fragte Nygaard verständnislos.

»Komm schon. Glaubst du wirklich, ein Fremder muß unseren Lutefisk nur riechen, und schon ist er ein begeisterter Anhänger der norwegischen Küche? Du hast den armen Kerl doch den ganzen Abend über in Einzelteile zerlegt. Bringst ihn zum Essen mit und stopfst ihn mit Lutefisk, Rutabagas und Backpflaumenkompott voll! Gemein, legal, und es hinterläßt keine Spuren, genau wie du es gewollt hast.« Dann sah er die ehrliche Verblüffung auf dem Gesicht seines Partners und brach erneut in Gelächter aus. »Oh, mein Gott! Du hast tatsächlich geglaubt, daß du ihm einen Gefallen tust?«

»Wieso Gefallen?« fragte Nygaard wütend. »Er mußte seine Karte selbst bezahlen.« Jetzt platzten auch die anderen am Tisch laut heraus.

Nygaard drehte sich zu Fields um und sah zum ersten Mal die grünliche Blässe seines Gesichts und die glasigen Augen. »Au weia«, sagte er. »Wenn ich doppelt soviel Verstand hätte, wäre ich immer noch ein Halbidiot«, gestand er. Und dann mußte auch er lachen.

Als Hafner sich wieder einigermaßen gefangen hatte, ächzte er: »Und das Schönste ist, selbst wenn er vor Gericht ginge, käme er nicht weiter. Die Geschworenen wären ja auch alle Lutefisk-Esser und könnten sich nicht vorstellen, wo das Problem liegt.« Er lehnte sich zurück und sagte zu Fields: »Wie wäre es? Wenn Sie das nächste Mal in die Stadt kommen, laden wir Sie zu einem noch schöneren Essen ein. Kennen Sie Hammel mit Kohl?«

»Oder Gammelost?« fragte Draxten.

»Gammelost«, hauchte Nygaard hingerissen. »Wäre das schön, wenn es jetzt noch Gammelost gäbe.«

Hafner erklärte: »Gammelost ist Hüttenkäse, Mr. Fields. Alter, sehr alter Hüttenkäse. Man bewahrt ihn in einem Tongefäß so lange auf, bis er grau ist, und dann ißt man ihn als Brotaufstrich.«

»Himmlisch«, sagte Nygaard, der gegen Hafners Rezept für diesen Leckerbissen ebenfalls keine Einwände hatte. Dann sah er den Ausdruck auf Fields' Gesicht und grinste. »Wirklich, mein lieber Larry. Wenn Sie das nächste Mal hierher kommen, füttern wir Sie mit Gammelost. Abgemacht?« Und er schubste Fields so energisch in die Rippen, daß er fast vom Stuhl flog.

Aber in seinen Augen lag das wilde, rachsüchtige Glitzern eines Wikingers, dessen Gastfreundschaft mißbraucht worden war, und Fields, der insgeheim bereits von einer Rückkehr und bitterer Rache geträumt hatte, beschloß, Minnesota auf seiner nächsten Tour lieber ganz zu umgehen. Er senkte den Blick auf die letzten Reste seines Backpflaumenkompotts, die in trauter Eintracht neben einem übriggebliebenen Stück Lutefisk lagen, und sagte traurig: »*Uff da.*«

Originaltitel: THE SCALES OF JUSTICE, Mitte 12/85
Übersetzt von Brigitte Walitzek

KRIMI BÖRSE KRIMI BÖRSE KRIMI BÖRSE KRIMI BÖRSE

Diesen Monat liegt uns nur eine Suchmeldung vor, und zwar von *Rudolf Selke, Kattenbühl 10, 3510 Hann.-Münden, Tel. 05541/3 43 92;* ihm fehlen zur Vervollständigung seiner Sammlung noch folgende Nummern von Alfred Hitchcocks Kriminalmagazin:
2,3,5,7,8,9,10,12,13,14,16,18,24,25,28,29,31,32,33,38,41 und 50.

Wer weiterhelfen kann, wende sich bitte an die oben angegebene Adresse.

Bis zum nächstenmal
Ihre
Hitchcock-Redaktion